大潮起珠江　红帆立潮头

广船集装箱分厂引外资求发展实录

钟玉权　著

图书在版编目（CIP）数据

大潮起珠江　红帆立潮头：广船集装箱分厂引外资求发展实录 / 钟玉权著. —广州：广东人民出版社，2021.11
 ISBN 978-7-218-15380-3

Ⅰ.①大… Ⅱ.①钟… Ⅲ.①纪实文学—中国—当代 Ⅳ.①I25

中国版本图书馆CIP数据核字（2021）第233793号

DACHAO QI ZHUJIANG HONGFAN LI CHAOTOU GUANGCHUAN JIZHUANGXIANG FENCHANG YIN WAIZI QIU FAZHAN SHILU

大潮起珠江　红帆立潮头　广船集装箱分厂引外资求发展实录

钟玉权　著

版权所有　翻印必究

出 版 人：肖风华

策划编辑：郝婧羽
责任编辑：钱飞遥
装帧设计：奔流文化
责任技编：吴彦斌

出版发行：广东人民出版社
地　　址：广州市海珠区新港西路204号2号楼（邮政编码：510300）
电　　话：（020）85716809（总编室）
传　　真：（020）85716872
网　　址：http：//www.gdpph.com
印　　刷：广州市浩诚印刷有限公司
开　　本：787mm×1092mm　1/16
印　　张：16.75　　字　数：180千
版　　次：2021年11月第1版
印　　次：2021年11月第1次印刷
定　　价：88.00元

如发现印装质量问题，影响阅读，请与出版社（020-85716849）联系调换。
售书热线：（020）85716826

Contents 目录

第一章　合作起步（1978.10—1979.2）　　001

　　第一节　三方携手　谋划未来　　003
　　第二节　珠江岸边　选址建厂　　010
　　第三节　框架协议　蓝图绘就　　013
　　第四节　沐浴春风　项目获准　　018

第二章　新厂投产（1979.2—1982.9）　　023

　　第一节　引资建厂　合同签订　　025
　　第二节　新厂筹建　多快好省　　035
　　第三节　工程竣工　验收试产　　043
　　第四节　中外来宾　开工同庆　　051
　　第五节　合作三方　初尝胜果　　057
　　第六节　国家政策　给力支持　　059

第三章　红帆出海（1981.1—1982.12）　　063

　　第一节　优质高产　一年达标　　065
　　第二节　优化设计　产能提升　　074
　　第三节　合同修改　红帆出海　　082
　　第四节　正式大单　合同范本　　094

第四章　市场急变（1982.1—1983.5）　　109

第一节　供销一统　关税全免　　111
第二节　还债安排　材料转让　　123
第三节　超额计奖　增产增收　　130
第四节　市场急变　陷入低谷　　136

第五章　走出低谷（1983.5—1987.12）　　143

第一节　山重水复　共克时艰　　145
第二节　面向市场　寻求生机　　161
第三节　开放窗口　改革先锋　　171
第四节　走出困境　迎来曙光　　184

第六章　抓好机遇（1988.1—1993.4）　　195

第一节　自营出口　操守诚信　　197
第二节　以人为本　和衷共济　　206
第三节　抓好机遇　再接再厉　　216
第四节　市场乱象　居安思危　　229

附录　　245

附录一　补偿贸易引进主要设备表　　247
附录二　中英文人名对照　　251
附录三　船公司名称中英文对照及简称　　252
附录四　20世纪80年代主要租箱公司简称　　253
附录五　集装箱材料主要供应商（部分）　　254

前言 Preface

今天，中国是世界集装箱的主要生产国。传统的运输方式发生了巨大的变化。集装箱运输，因其安全、可靠、节约、高效，已成为普遍采用的运输方式。它给国民经济发展带来极大的动力和效益，路通财通！

但是，20世纪70年代，除中国香港和台湾之外，我国内地（大陆）的集装箱生产和集装箱运输市场，仍是一片空白。铁路、公路、桥梁都不适宜满载货物的集装箱车辆行驶。国际标准集装箱还只是一个模糊的概念。

1978年，美国国际集装箱运输有限公司（简称美国CTI公司）看好中国内地的租箱市场，主动通过中国香港寻求在广州合作建厂生产集装箱的机会，得到内地企业的支持和响应。

1979年2月，经国家计划委员会（简称国家计委）批准，中国机械进出口公司广东省分公司、广州造船厂与西域投资（香港）有限公司签订补偿贸易合同，引进美国CTI公司的集装箱生产技术和工艺装备，在广州造船厂东部工地建设了年产1万个国际标准集装箱的生产厂——广州造船厂集装箱分厂（简称广船集装箱分厂），并以来料加工贸易方式生产美国CTI公司的集装箱，5年5万个，全部由美国CTI公司包销。

广船集装箱分厂是中国改革开放后，第一个利用外资、引进外国技术建立的集装箱厂。

美国CTI公司是中美建交后，第一家经中国香港进入中国内地市场的美国大企业。

广船集装箱分厂，这个三方合作推动建成的生产厂，于1981年1月正式投产。美国《财富杂志》曾刊载文章《一个美国公司无风险的中国买卖》，报道了广船集装箱分厂的谈判和合作建厂过程。

广船集装箱分厂的建立，在中国改革开放初期，相当引人注目。它意味着我国集装箱制造业实现了零的突破，开始步入发展道路。

经过多年的努力，集装箱运输逐步被人们认识，它的好处逐步深入人心。我国水路、公路、铁路集装箱联运的标准化建设取得了长足进步，大大推进了我国运输行业集装箱化的进程。我国在货物运输方面发生了革命性的大变化。集装箱产业链逐年得到完善和提高。

集装箱制造、租赁、维修，以及集装箱原材料、配件的生产和供给，已成规模，成行成市。

集装箱堆放的场地和设施，集装箱专用的装卸机械，集装箱专用的卡车和拖卡，已形成专业系统和生产规模。

大型集装箱班轮，中欧集装箱班列、中亚集装箱班列，已成为我国外贸运输主力军。

我国的集装箱港口和专用码头规模宏大。世界吞吐量最大的十大集装箱港口，中国占了7个。中国已成为全球集装箱制造和运输行业的核心。

这些就是当年引进外资、引进技术生产集装箱的目的和理想!

回顾40年前广州造船厂走出的第一步,虽然很微小,却是艰难的一步、勇敢的一步。当时的广州造船厂既没有专业技术,又没有外汇资金,但全体职工解放思想、勇于担当,按照国家的部署利用外资,实现了集装箱制造业的起步和发展。

广船集装箱分厂的补偿贸易外债的浮动利率曾一度高达23%,正式开展生产活动后实干一年的利润只够偿还总投资的利息。从第三年开始,合作方美国CTI公司又以市场不好为由,放弃了包销广船集装箱的承诺。广船集装箱分厂在没有固定订单的形势下,走过了四年的低谷期。广船集装箱分厂依靠国家的改革开放政策,依靠职工的吃苦耐劳、艰苦奋斗精神,克服了一个又一个困难,经过八年的努力,终于在1988年偿还了建厂投资的全部债务。

1987年国际航运业开始复苏,在此后的五年中,广船集装箱分厂是中国船舶工业总公司的机电产品出口基地企业。面对集装箱需求旺盛的国际市场,工厂抓住机遇,多造箱、造好箱,连续多年取得较好的经济效益和社会效益。1992年,广船集装箱分厂被海关总署授予"信得过企业"称号,实现了国家计划委员会1979年批文的要求:多创汇,多创利。

广船集装箱分厂是六机部(中国船舶工业总公司)早期的改革开放窗口,得到了上级政府部门,包括省、市政府的支持和关怀。本书引用了部分相关历史文件,显示改革开放初期各部门,包括经贸、海关、工商、税务、口岸、银行、外汇管理部门等对引进项目的政策支持和业务指导。本书比较详细地

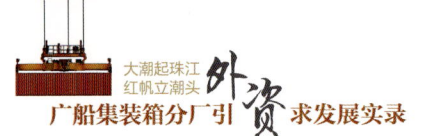

记述了广船集装箱分厂,从1981年正式投产后至1992年,各个时间节点的经营财务数据,以及工厂为发展集装箱生产所作的努力。但由于时间跨度较大,篇幅有限,笔者的分析不一定到位,欢迎指正。

作者
2020年12月于广州

第一章 1

合作起步

（1978.10—1979.2）

第一节
三方携手　谋划未来

集装箱，又名货柜、货箱，是汽车、火车、轮船在运输过程中使用的装货设备。包装传统且存放货物的纸箱、木箱、托架等，集中放在集装箱内，装卸方便，防雨防盗，安全可靠。

集装箱运输，是交通运输上的巨大变革，是社会商品经济发展过程中形成的一种先进的运输体系。集装箱在运输过程中具有突出的优越性。

结构国际标准化之后，集装箱广泛地应用于公路、铁路、水路、航空和水陆联运。对集装箱的装卸和堆放，都是机械化操作，方便、高效。

国际货运中，在起运点，集装箱所装货物由发货人出具包装清单和发票，由海关封箱，"门到门"运输，一票到底；在收货点，收货人按单验货收货。其中，海关全程监管。

集装箱结构牢固，防止货品被日晒雨淋，避免货损货差，操作方便。仓库存储环节减少，简便快捷，降低运输费用，节约商品流通成本。

国际标准集装箱，种类繁多，用途不同，可以用多种材料制造。

从外形尺寸分，集装箱分为1CC型20英尺集装箱（长20英尺，宽8英尺，高8.5英尺）和1AA型40英尺集装箱（长40英尺，宽8英尺，高8.5英尺）。这两种型号的集装箱是当时最流行的ISO（International Organization for Standardization，国际标准化组织）国际标准集装箱。

TEU（Twenty-Foot Equivalent Unit）是国际统计集装箱的单位，1个20英尺的集装箱是1TEU，1个40英尺的集装箱是2TEU。

从材质分，集装箱主要分为钢质集装箱和铝质集装箱两类。

从用途和结构上分，集装箱可分为干货集装箱、冷藏集装箱、罐式集装箱和各种专用集装箱。

营运的国际标准集装箱，必须符合并满足下列有关规定，并取得证书。

首先，集装箱的设计和制造，必须符合ISO国际标准。隶属于国际标准化组织ISO属下集装箱技术委员会TC104，20世纪80年代共有55个成员国，其中"P"成员国（积极成员国）有33个，"O"成员国（观察成员国）有22个，中国属P成员国。委员会下设两个分委员会，第一分委员会主要负责研究制定通用集装箱的国际标准；第二分委员会主要负责研究制定专用集装箱的国际标准。

其次，国际标准集装箱还必须满足下列有关当局的规定，并取得证书。这些规定包括国际铁路协会（简称UIC）的规定、《1975年国际公路运输公约》（简称TIR）、《国际集装箱安全公约》（简称CSC）、澳大利亚卫生和运输部门对木地板进行化学处理的规定、船级社检验系统的规定、箱主的技术

第一章 合作起步（1978.10—1979.2）

条件和试验大纲。

全球集装箱化运输，是国际贸易的基本要求和安全保障。

据资料记载，集装箱的制造始于第二次世界大战。美国陆军为了保密和安全，始创并使用集装箱运输军事物资。20世纪50年代，集装箱开始用于民用，首先以陆运为主，继而发展到铁路、公路、水路运输相结合。20世纪60年代国际集装箱运输兴起，到70年代在欧美已逐步形成科学管理的集装箱标准化运输体系。

经济利益是推动世界集装箱运输不断发展的动力。一批拥有集装箱的世界级公司，在20世纪50年代—60年代相继出现，包括船公司和集装箱租赁公司。美国国际集装箱运输股份有限公司（简称美国CTI公司）是其中的佼佼者。

据悉，从20世纪50年代开始，美国CTI公司就从事租箱生意，将集装箱租给运输公司以从中获利。至20世纪70年代，美国CTI公司已经拥有30万TEU，在世界45个国家都设有办公室，并拥有200多个集装箱堆场和维修点，是当时全球最大的租箱公司。该公司在太平洋沿岸远东地区，包括日本、韩国和中国香港、台湾地区，都发展了租箱生意，且发展得比较兴旺。但此时，中国内地（大陆）的经济还相对欠发达，既没有集装箱港口，也不存在国际标准集装箱运输，国际标准集装箱制造业仍是一片空白。

据美国杂志《运输2000》1981年的报道，美国CTI公司总裁福克斯先生认为，中国领导人毛泽东与美国总统尼克松举行了历史性峰会，并在1972年2月28日会后联合发表了《上海公报》，这足以表明中国内地正计划进入世界市场，成为全面贸易伙伴。

> So much for the "why." The "how" takes us back to 1972 and President Richard M. Nixon's historic summit meeting with Chairman Mao Zedong. At the end of that meeting, on February 28, 1972, the Shanghai Communique was issued jointly by the United States and China.
> The communique made it apparent that China was planning to enter the world marketplace as a full trading partner.

▲ 《运输2000》杂志1981年对三方合作事件进行报道的版面

正是那个时候，美国CTI公司首先对与中国内地做生意产生兴趣。该公司认为，中国内地最终会认识到集装箱化快捷方便的经济优势。

福克斯先生表示，美国CTI公司最初只对中国内地几个可能的业务领域感兴趣，包括租箱给中国内地船公司，购买中国内地造的集装箱，以及建立美国CTI公司集装箱堆场和维修保养网络。

福克斯先生从那时候起就很注意中国内地的市场发展，但此后的若干年内，美国CTI公司在中国内地的租箱生意都毫无进展。当时，美国公司对中国内地的具体情况不了解，与内地人交往少，不知道如何在中国内地做生意。福克斯先生表示，美国政府没有关于在中国内地做生意的风险提示。

直到1978年事情才有了转机。西域投资（香港）有限公司董事长、美国CTI公司中国香港堆场股东之一林良成先生了解到

第一章 合作起步（1978.10—1979.2）

> That was when CTI first became actively interested in doing business with China. The company felt sure that eventually the Chinese would recognize the efficiency and the economic advantages of containerization. But CTI also realized that containerization — and especially container leasing — was relatively new throughout most of the Far East, with the exception of Japan.
>
> Initially, CTI was interested in several possible areas of business in China. These included leasing containers to Chinese shipping interests, buying Chinese-made containers, and establishing a network of CTI depots and repair and refurbishing facilities

▲ 《运输2000》杂志1981年对三方合作事件的报道版面

美国CTI公司有意在中国内地拓展租箱生意，而他刚好在广州有生意伙伴，所以，林良成先生在1978年6月，以中间商的身份，找到中国香港华润公司和中国内地有关部门进行沟通。中国内地方也表示有合作意向，并提出关心的问题：关于这个合作方案，美国CTI公司是否有能力为建设集装箱厂以及以后的集装箱生产提供技术支持。林良成先生向美国CTI公司转达了中国内地方的意见，并要求美国CTI公司提出进一步合作的细节。美国CTI公司对中国内地方提出的问题进行了认真的研究之后，同意与中国内地方一起参与建厂。至此，美国CTI公司认为，林良成

先生已经完成了三方合作的准备工作，下一步就是商谈三方合作的细节，协调各方的职责、权利和义务。

1978年10月2日那一周，是中国的国庆假期，全国都在放假。但10月2日那天，以总裁福克斯先生为首的美国CTI公司管理团队和西域投资（香港）有限公司董事长林良成先生等人，以及中国内地有关部门代表，三方在广州东方宾馆举行了第一次会谈。中国内地参加会谈的成员包括直接负责广船集装箱分厂工作的广州造船厂负责人、中国机械进出口总公司和中国机械进出口公司广东省分公司有关负责人。

参加会议的还有美国新泽西州伯托利尼工程公司总裁伯托利尼先生，他已经在世界很多地方制造集装箱多年。

在这次会议上，美国CTI公司管理团队首先介绍了集装箱在运输市场上的优越性，以及该公司在世界集装箱租赁市场上所承担的重要角色和所发挥的重要作用，还介绍了该公司所拥有的技术。

美国CTI公司是当时全球最大的租箱公司，其技术服务部的上层由技术专家组成，这些专家均来自集装箱制造厂，都对集装箱生产和维护有丰富的经验。美国CTI公司的技术副总裁孔兹先生，不仅协助国际标准化组织建立了集装箱工业标准，而且开发了该公司的集装箱设计和制造的技术，还改进了集装箱的部件和材料，以便于低成本维修和保养。此外，孔兹先生还积极推广该公司的设计标准。所以，美国CTI公司的技术专家都非常清楚在集装箱生产过程中应该做什么和如何做。会议上，孔兹先生以"如何制造集装箱"为题作了正式发言，尽可能详尽地解释了如何建厂，设计生产线要考虑哪些因素，如何培训工

第一章 合作起步（1978.10—1979.2）

人和管理团队，以及如何建立集装箱生产标准等内容。

参加会议的人都认为，孔兹先生的讲话已经全面考虑了应该采取的每一个步骤，待没有其他人提问之后，总裁福克斯先生从咨询者的角度，提出了一些问题供大家讨论，并表明，他们最关注的是在太平洋地区开发集装箱新货源，租赁集装箱才是他们的目的和专长。言外之意，美国CTI公司不是在建厂方面来赚中国人的钱。

经过几天详细的讨论，中国内地参加会谈的有关部门询问美国CTI公司，是否乐意扩大投资，以及负责建厂直到生产出合格的集装箱。美国CTI公司表示同意。

这次会议初步确定了中国内地、中国香港、美国三方的合作框架。西域投资（香港）有限公司董事长林良成先生，为中国内地建设集装箱生产厂和购买集装箱生产所用材料安排所需资金。美国CTI公司提供厂房设备和生产线的设计，以及集装箱生产技术；不投入资金；获得向西域投资（香港）有限公司购买中国内地生产的集装箱的优先权。

福克斯先生后来接受《运输2000》杂志记者采访时曾高兴地表示，中国内地公司以往倾向于从日本和西德采购商品，这次美国CTI公司说服了中国内地方面参加会议的负责人，做成了"某种有趣的好生意"。

会谈结束后，美国CTI公司管理团队和西域投资（香港）有限公司一行，应邀乘船游览了美丽的珠江，现场察看了广州造船厂东部工地的地理位置和周边环境。三方一致认为，该地块水陆交通都相当方便，是建设集装箱厂的合适地点之一。

第二节
珠江岸边　选址建厂

美国CTI公司在分析了1978年中国内地的经济形势和相关地块的周边地理条件，以及该公司在太平洋地区运输和集装箱供应的现状之后，认为应该在中国内地建设三家国际标准集装箱制造厂，其中广东1家，华东1家，天津1家。这样该公司就可以占据有利的地理位置，获得中国内地大部分的租箱市场生意，这必将进一步扩大美国CTI公司在全球租箱行业的竞争优势。

经过分析，他们首先将目光聚焦在广州造船厂东部工地。

首先是运输便利性。广州造船厂东部工地位于珠江岸边，太古仓旁，门牌号码是广州革新路118号，水陆交通非常便利，江边是造船码头，已购置一部25吨龙门吊机，而广州造船厂的其他部分旧设施仍然可以为新厂所用，这样可以减少初期投入。中国香港的船运货物可以直达工厂码头，工厂生产的集装箱也可以用驳船直运中国香港码头和珠江三角洲各地港口，然后装货运往世界各地。无论是空箱还是装货重箱，水路运输都比较方便，费用也不高。

其次是技术层面的考虑。美国CTI公司认为，制造钢质干货集装箱，工作量最大，其中的焊接工种要求较高。世界上比较

第一章 合作起步（1978.10—1979.2）

成功的集装箱厂多数是由焊接技术基础较好、焊接技术工人较多的工厂转型而来的。广州造船厂东部工地是小型船舶的总装车间，有制造集装箱的众多优势，因此是比较理想的可选择地点之一。

再次是周边市场需求的考虑。集装箱是货运设备，如果出厂之后，在工厂附近就有租用集装箱的市场需求，那么该地就是建集装箱厂的最佳地点。广州造船厂东部工地，地处珠江三角洲，是广东经济较发达的地区，运往中国香港和世界各地的货物较多，离中国香港也不远，附近就有潜在的市场需求，因此是较为理想的建厂地点。

美国CTI公司认为，广州造船厂东部工地是中国内地第一间国际标准集装箱生产厂比较理想的建厂地点，决定进一步深入商谈建厂的技术细节和商务细节。

▲ 广州造船厂东部工地厂区旧貌

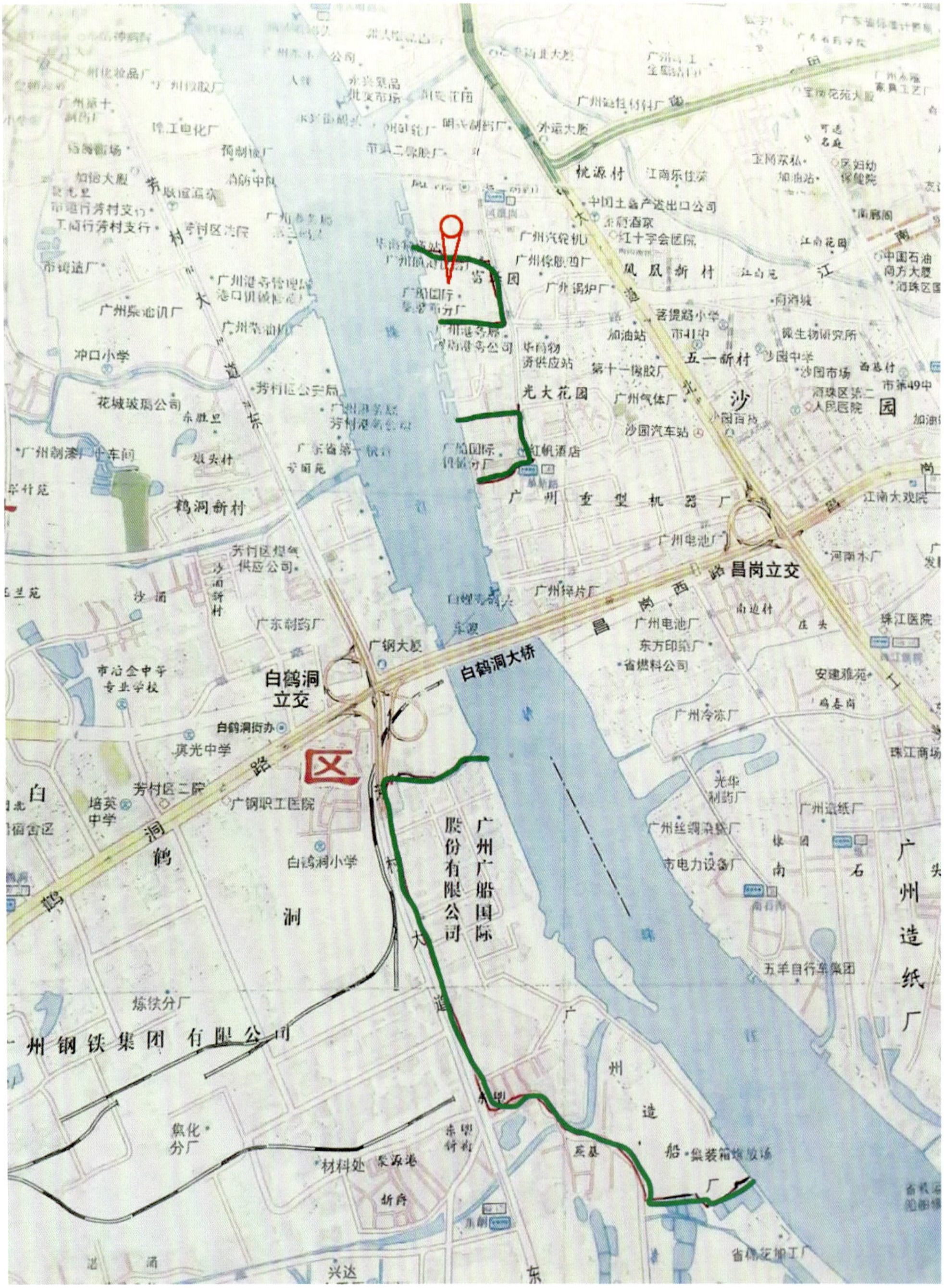

广船集装箱分厂引外资求发展实录

▲ 广州造船厂集装箱分厂位置

第一章　合作起步（1978.10—1979.2）

第三节
框架协议　蓝图绘就

1978年中国国庆期间，三方关于合作建设集装箱生产厂的洽谈取得了积极进展，工厂选址也取得了一致意见。

1978年10月16日，美国CTI公司、西域投资（香港）有限公司和中国内地各有关单位再次在广州东方宾馆举行会谈，协调了三方职责、权利和义务的相关细节，合作三方分别签订了两个协议书。

一份协议书由美国CTI公司与西域投资（香港）有限公司签订，前者向中国内地提供新厂的厂房、设备、工艺装置及所需的生产技术；后者为中间商，负责安排建厂和后续生产所需资金。新厂建成后，美国CTI公司有向西域投资（香港）有限公司购买广船集装箱分厂生产的集装箱的优先权，5年5万TEU，总值约1.1亿美元。

另一份协议书以中国机械进出口总公司广东省分公司和广州造船厂为甲方，以西域投资（香港）有限公司为乙方，是以补偿贸易的方式签订的，明确由乙方提供建厂设备和生产的原材料，由甲方加工生产集装箱出口。双方达成一致意见，签署了这份编号为协（78）第CK-0020号的协议书。主要内容有：

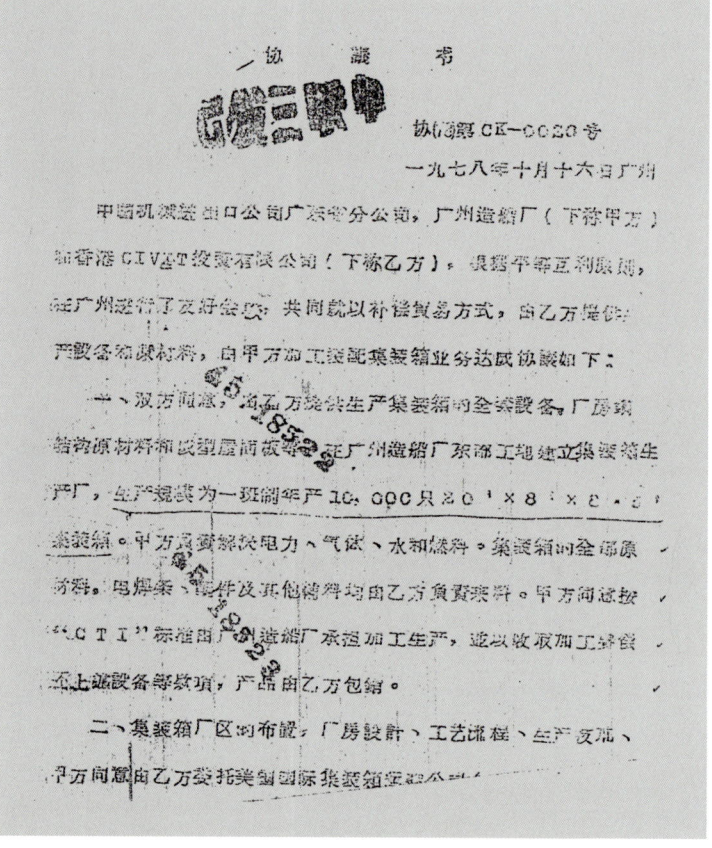

▲ 编号为协（78）第CK-0020号的协议书影印件

（1）双方同意，由乙方提供生产集装箱的全套设备、厂房钢结构原材料和成型屋面板等，在广州造船厂东部工地建立集装箱生产厂，生产规模为一班制年产1万个集装箱（长20英尺，宽8英尺，高8.5英尺）。甲方负责电力、气体、水和燃料。集装箱的全部原材料、电焊条、配件及其他辅料均由乙方负责来料。甲方同意按美国CTI公司标准由广州造船厂承担加工生产的工作，并以加工费偿还上述款项。产品则由乙方负责包销。

（2）集装箱厂区的布置，厂房设计、工艺流程、生产技术，甲方同意由乙方委托美国CTI公司负责设计，所需费用由乙方承担；设计图纸需征得甲方同意后方可实施。乙方应采用合理的工艺流程、高效率的加工设计、先进的管理系统，从总装开始为生产流水线考虑能生产40英尺集装箱。乙方提供的建厂材料及全套设备的先进性、实用性以及价格必须经双方共同确认。

甲方按美国CTI公司提供的集装箱图纸进行生产。乙方负责派出技术人员到甲方工厂负责指导建厂、设备安装、试车和培训人员，确保甲方能达到美国CTI公司对产品的验收标准和设计的产量要求；对于因工人操作不当而造成的质量问题，由甲方负责。乙方派出的技术人员除负责培训之外，在技术工作未向甲方移交前，或者在试生产过程中，一切原材料的消耗由乙方负责，直到工作正式移交甲方后为止。

技术专家来华工作，在广州期间的住宿费、通勤交通费由甲方负担，其他费用由专家自理。

（3）为使工厂较快地投入生产，乙方于1978年11月15日前向甲方提供厂房设计图纸、工艺流程图纸、设备详细清单、设备说明书、集装箱施工图纸以及材料定额清单。1978年11月15日前双方在广州共同审定上述内容。1979年1月15日前谈判确定并签订相应技术协议书。上述时间安排，若因某种原因不能如期实行，双方择日再谈。

（4）乙方上述生产设备、厂房用料等实际价格暂定为700万美元。甲方在正式投产后逐年分批在加工费中扣除本息，5年内还清。该700万美元的利息计算及归还，待签订合同时再商议。

（5）五年内，甲方每年向乙方提供1万个集装箱，乙方负责向甲方购进1万个集装箱，每月平均约833个，在数量方面可允许上下浮动5%。如果某一方没有履行合约，将被追究责任。在协议期内，增产部分另行商洽解决。

集装箱加工费以每个20英尺集装箱计算，各年具体加工费标准如下：

第一年	每个	480美元
第二年	每个	469美元
第三年	每个	458美元
第四年	每个	491美元
第五年	每个	502美元

甲方所收加工费，用人民币保值，汇率按双方根据本协议签订合同时，以中国银行当天美元对人民币的买卖牌价平均汇率为准，在此基础上，每半年议定一次，加工费支付方式为D/P60天①。

（6）乙方负责将建厂材料，生产设备（包括备件），集装箱的全部原材料、辅料、配件等，由CIF②的方式运到广州港交付给甲方。甲方加工的集装箱在广州造船厂东部工地码头交货，集装箱由广州运至中国香港的一切运费、保费、杂费均由

---

① D/P60天：装船单证或收货凭证自签署之日起，计60天付款。
② CIF：到岸价格，含运费和保险。C：Cost，价格；I：Insurance，保险；F：Freight，运费。

乙方承担。

（7）乙方来料要符合美国CTI公司标准要求，并要有一定储备，以保证生产的连续性；储备多少，双方另行商议。由于来料中断而导致工厂停工待料所造成的损失，由乙方承担，甲方有提出要求赔偿的权利。设备及原材料交给甲方后，若由于保管不善造成损失，由甲方负责。材料在运输途中的损失由乙方向船公司交涉赔偿。

（8）本编号为协（78）第CK-0020号的协议书有效期为：1978年10月起，至第一批集装箱交货后5年内。

中国机械进出口总公司是当年中国机械产品进出口法定公司，广东省机械进出口分公司与广州造船厂共同为本项目签约。在本项目早期的对外通信联系、项目谈判和签约的过程中，广东省机械进出口公司都发挥着保障作用、先导作用、桥梁作用。在合同执行过程中，碰到遗约或疑难问题时，甲乙方共同商议应对措施。

第四节
沐浴春风　项目获准

　　框架协议签订之后，1978年第四季度至1979年的2月份，美国CTI公司和西域投资（香港）有限公司的代表又多次来到广州。三方在东方宾馆进行了几轮关于建厂技术引进和后续贸易细节的会谈。按协议书第三款内容，1978年11月15日前，双方要审定厂房设计、工艺流程、设计图纸和设备的详细清单、价格、说明书，还有集装箱的施工图纸以及材料的定额清单；1979年1月15日前，要签订相应技术协议书。

　　会谈的主要内容是建厂的技术细节，包括厂房设计、工艺流程、设备选型等。中国内地主谈判官是广州造船厂东部工地技术组组长任福炜，东部工地的生产和技术主管旁听。美国CTI公司主谈判官是技术副总裁孔兹。美方提出方案，中国内地提出修改意见或建议。任福炜优秀的专业水平和一丝不苟的工作态度，深得各方的尊重和信任。讨论你来我往，不断深入。总裁福克斯先生也参加了会谈，他一边看书，一边倾听，只在关键时刻或关键问题上提示几句，引导会谈向双方容易接受的方向发展。美国CTI公司中国香港分公司林海泰先生担任翻译。

　　广船集装箱分厂引进的300多台（套）生产设备，都是当

第一章　合作起步（1978.10—1979.2）

年国内买不到的先进设备。技术谈判复杂，但经过三方的共同努力，最终取得了意见一致的方案，并如期签订了技术协议书。

广州造船厂将引进美国技术，在东部工地建立集装箱厂的消息公布之后，在广州造船厂职工中引起了热烈反响，大多数职工表示赞同和支持，但也有小部分职工表示质疑或反对。

员工表示支持的理由是：

20世纪70年代，集装箱运输已在全球蓬勃发展，但我国内地的海运集装箱生产市场还是空白，广船集装箱分厂对集装箱设计的技术标准和生产工艺还一无所知，要想在短期内依靠自己的知识和力量生产出国际标准集装箱，是不可能的。

而且，广州造船厂不仅没有技术，还没有资金。而合作建厂不仅可以引进国外现代化的设备和先进技术，而且可以快速学习对方先进的企业管理经验。

此外，这个三方合作项目，是美国CTI公司主动带进来的，建设广船集装箱分厂的方案、生产技术、所需资金，均由外商提供。广州造船厂以加工费分期偿还贷款，企业

▲ 广州造船厂厂长严明

的负担不集中，5年合同期不长，还清贷款后，企业将获得全部资产。这个合作项目上马快、风险小，且能盈利。

职工支持的理由还包括，通过这个项目，广州造船厂可以逐步掌握集装箱产品的销售渠道，逐步熟悉客户和市场。这有利于我国内地的海运集装箱制造业发展一步到位，对加快国民

经济发展也有一定好处。

但是，也有部分职工反对将广州造船厂东部工地建成外资的集装箱厂。他们认为东部工地是广州造船厂的一个车间，是军工企业，是国家的军工资产，为外商生产产品是完全错误的。而且好端端的生产车间，停产一年，将损失产值1100万元，可谓未见其利，先见其害。还有人认为，来料加工，就等于出卖劳动力，这是走资本主义道路。

两种意见严重对立。

1978年12月党的十一届三中全会在北京召开，会议要求解放思想，实事求是，团结一致向前看，实行改革开放政策，把工作重心转移到经济建设上来。

1979年1月，中国和美国正式建立外交关系。

1979年1月中旬，中央提出，现在正在搞经济建设，门路要多一点，可以利用外国的资金和技术，华侨华裔也可以回来办工厂、办企业。

广船集装箱分厂利用外资和引进技术建厂，是美国公司、中国香港公司与中国内地公司的三方合作项目。在这关键时刻，国家的改革开放政策如一股春风，吹绿珠江两岸，给广船集装箱分厂项目的批准创造了非常有利的外部环境和条件。

此时，六机部以（79）六机部计字183号文《就广州造船厂以补偿贸易方式建立集装箱生产点》，呈请国家计划委员会批准。

国家计委于1979年2月18日，以国计〔1979〕68号《关于广州造船厂以补偿贸易方式建立集装箱生产点的复文》，批准广船集装箱分厂引资项目，要求速签合同。国家计委还在当年的基本建设计划中安排了385万元专项资金，作为该项目的国内投资。项目所需的钢材、木材、水泥三大材料，由国家物资总局优先解决。国计〔1979〕68号文指出，电力供应问题"请广东省计委、经委、建委协助抓紧落实"，要求坚决按合同要求及时建成投产，多创汇，多创利润。

国计〔1979〕68号

关于广州造船厂以补偿贸易方式建立集装箱生产点的复文

六机部：

（79）六计部计字183号文收悉。经研究，同意你部在广州造船厂以补偿贸易方式建立集装箱生产点，可根据与外商商谈情况，尽速签订合同。所需要国内投资三百八十五万元在今年基本建设计划中专项安排。建设所需钢材、木材、水泥三大材料由你部认真核算后，请国家物资总局按计划要求，予以优先解决，有关施工力量，地方物资，电力供应及打桩机械等问题，请广东省计委、经委、建委协助抓紧落实。总之在有关方面积极配合下，你部要坚决按照合同要求及时建成投产，为实现四个现代化多创外汇和利润。

国家计划委员会
1979年2月18日

抄：国家建委、国务院国防工办、国家物资总局、财政部、外贸部、广东省计委、经委、建委

▲ 国计〔1979〕68号文原文

在国计〔1979〕68号批文中，从"速签""优先""抓紧""坚决""及时"等用词中，可见国家计委对本项目的重视和严格要求。

资金计划要专项安排，材料和物资要优先解决，施工力量要抓紧落实。批文要求坚决按合同及时建成投产，多创外汇，多创利润。

然而，蓝图要变成现实，决非易事。

第一个难点是建厂周期。三方商定的建厂周期是14个月，但这个项目是中国内地第一次引进美国钢结构厂房，两栋共1.8万平方米。据厂房的供应商介绍，两栋厂房的安装周期就需要120天（4个月）。此外，引进的300多台（套）设备和工艺装置，一是能否按时到货，二是在安装过程和试产期间会碰到什么问题，都难以预料。

第二个难点是电力供应。虽然国计〔1979〕68号文提出了要求，工厂也采取了专门的措施（这为多年后的创汇、创利帮了大忙），但缺电的程度仍然远远超出当初的预判。

第三个难点是工厂建成投产后，产品的质量和产量多久能达到设计纲领。这关系到5年能否生产5万TEU，5年能否还清建厂投资的大问题。

第二章 2

新厂投产

（1979.2—1982.9）

第二章　新厂投产（1979.2—1982.9）

第一节
引资建厂　合同签订

　　1979年2月25日，美国CTI公司管理团队和律师，西域投资（香港）有限公司管理团队和律师，以及中国内地相关企业和部门，三方人员为完成合同最终条款，一大早就聚集在广州东方宾馆八楼会议室举行大型会议，其中中国内地各部门共36人参加。会议从25日早上开始，分两组进行。一组是美国CTI公司管理团队、西域投资（香港）有限公司与中国机械进出口公司、广州造船厂的代表，议题是建厂和生产安排的条款。另一组是西域投资（香港）有限公司与内地金融部门代表，协商补偿贸易的金融安排及有关条款。

　　参加会谈的人员多且杂，各方都为本公司本部门的利益讨价还价，争论不休。

　　会谈曾几度陷入僵局。

　　美国CTI公司总裁福克斯先生是少有的在会谈中表现冷静的人。据美国CTI公司职员介绍，福克斯先生是数学博士，他的思维非常敏捷。他在会谈中会不断统计讨论了多少个问题，每个问题有多少正面意见，有多少反面意见，并很快做出反应和相关决定。

在会谈过程中，他不断巡视两个小组的情况。在讨论陷入僵局时，他突然宣布：这次会谈，不管合同文件能否签订，他都在两天内离开广州，美国CTI公司没有一定要在中国内地买箱的计划。福克斯先生的这一招还真起了作用，经过23个小时的马拉松式会谈，三方终于解决了所有议题。三方合作建立广船集装箱分厂，美国CTI公司在中国内地5年生产并购买5万TEU集装箱的愿望，最终以合同的方式确定下来。

1979年2月26日，中国机械进出口公司广东省分公司和广州造船厂为甲方，西域投资（香港）有限公司为乙方，他们在编号为协（78）第CK-0020号的协议书的原则基础上，签订了编号为79CK-0020C的《集装箱来料加工合同》。具体条款如下。

▲ 编号为79CK-0020C的《集装箱来料加工合同》影印件

（一）关于贸易方式

（1）甲、乙双方同意在广州造船厂东部工地建立集装箱生产厂，生产规模为一班制年产钢质干货集装箱1万个（1年300个工作日，八小时为一班；集装箱规格为：长20英尺，宽8英尺，高8.5英尺）。

（2）产品以来料加工方式，由乙方来料并提供生产技术，甲方在5年内加工装配20英尺集装箱5万个，由乙方包销。

（3）乙方负责提供先进合理的布局、工艺流程及厂房等设计，并提供用于完成本合同所必需的技术先进、性能良好、全厂配套的全部机械设备及厂房材料结构件等，以CIF方式广州交甲方，其总金额暂定为700万美元（各项具体价格须经甲方确认）。上述总金额由乙方向中国银行（香港）按该行优惠利率申请贷款，其本息由甲方以加工费的一定比例在本合同期满前还清。具体偿还计划待总金额确定后双方再行商定。

（4）属于由甲方偿还的建厂材料及机器设备的价款，以中国银行（香港）对每批材料和设备议付货款之日起开始计息。甲方每次偿还价款时，按中国银行（香港）规定的积数计息法计付利息，利率每半年议定一次。

（二）关于建厂及投产

（1）双方同意通过各自努力和相互合作，集装箱厂争取于打第一根桩之日起14个月建成投产，即厂房基础和厂房施工7个月，设备安装3个月，单机调试1个月，试生产3个月。为确保上述进度，乙方须按双方技术专家共同确定的日期提供厂房设计图纸、厂房材料结构件、机械设备和培训生产管理人员。在此

基础上，甲方确保施工进度按计划进行。若上述资料及设备延迟到货，则建厂时间顺延。

（2）主厂房及加工车间，由乙方聘请美国U.S.I建筑公司负责设计并提供施工图纸和文件，在征得甲方同意后，在U.S.I公司派出的技术专家指导下进行施工和安装。有关厂房事宜的具体规定，由双方技术专家共同商议确定。

（3）主厂房及加工车间以外的建筑物和附属设施，在乙方向甲方提供必要的技术支持后，由甲方负责设计和建造。

（4）甲方同意乙方委托美国CTI公司负责对集装箱厂厂区布置、工艺流程、生产技术、加工设备的配备布置，进行全面的设计。乙方对设计质量负责（即保证一班制能年产1万个集装箱且集装箱质量能达到国际标准要求）并承担设计费。工艺流程具有四条生产线，其中两条线可从20英尺集装箱转产40英尺集装箱。机器设备、运输机具及工艺装置的详细清单，由双方技术专家共同确定。

（5）甲方根据美国CTI公司提供的厂区布置、工艺流程设计的施工图纸，在乙方技术专家的指导下对生产设备进行安装。

（6）有关试生产事宜，双方同意另议。

（7）乙方同意甲方关于在《厂房建筑部分A、B、C、D、E》和《集装箱厂机械设备清单》中所列材料、构件、设备报价基础上为甲方再争取最优惠价格的要求，其最后价格以订货合同所列为准。

上述所列材料、构件、设备的包装、保险、海陆运输等，乙方同意为甲方争取最低费用，其实际费用以实际单据为准。

（8）乙方同意《集装箱机械设备清单》中所列由甲方自行订货的部分铲车、汽车装备，以及本合同附件所列项目以外甲方生产需要增加的项目，其货款由甲方支付，甲方投产后在加工费中一并扣除本息。

（三）关于技术指导及培训

（1）自本合同签字生效后，在建厂、机械设备安装、试生产和正式投产开始的期间内，由乙方派出技术专家到甲方工厂负责全面的技术指导和人员培训。乙方派出技术专家的计划和人员培训计划，1979年3月由双方共同议定。技术专家留驻甲方的期限，以甲乙双方对其技术指导和培训工作认可为准。

（2）由乙方委托美国CTI公司派赴甲方指导安装生产及培训生产管理人员的技术专家，在穗工作期间的住宿费和上下班交通费，由甲方承担。其余一切费用由乙方承担。

（3）美国U.S.I公司受聘于乙方派赴甲方指导厂房建造的专家，在穗工作期间一切费用自理。

（4）专家来穗指导工作的有关出入境手续等，由甲方负责安排。专家在穗工作期间的翻译由甲方负责。

（四）关于来料及产品

（1）乙方负责供应用于加工装配集装箱的原材料、辅料和配件，首批供应数量应满足甲方工厂两个月的生产用量。第二个月开始每月原则上按1个月的生产用量供应1次，以确保生产的连续性。每批来料，乙方应向甲方提供作进口报关手续所需的发票副本、装箱单、磅码单及提单副本等全套装船单据一式三份。

（2）来料应符合美国CTI公司对集装箱材料的质量要求，甲方不予复验。甲方按单据点收来料数量。如有短缺及残损，甲方应在到货后15天内尽快通知乙方，并提供有关证明文件，乙方负责在接到通知后四十天内来料时补足。

（3）乙方来料以CIF方式运到广州港交付甲方。

（4）本合同加工的钢质干货集装箱（长20英尺，宽8英尺，高8.5英尺）是以美国CTI公司在1979年3月份提供的技术文件和施工图纸及检验标准为施工依据的。甲方加工装配之成品经过检验。凡符合上述依据者即为合格产品，并出具产品检验合格证。有关集装箱申请国际检验的一切手续及费用由乙方负责。

乙方常驻代表在工厂对产品进行验收并出具检验证书，一式三份，产品经乙方代表验收或运离工厂后，发现的质量缺陷，若由于甲方加工错误所致，则由甲方负责，但若由于材料质量或运输所致，则甲方概不负责。

（5）由乙方提供的原材料、配件及部分易耗品详细项目，其清单及消耗定额，双方同意于1979年4月至5月根据施工图纸另行议定。

（五）关于产品交货

（1）成品在甲方工厂码头交货，随箱附交乙方代表检验证书一份，乙方收货后应向甲方出具收货凭证和由船方签署装船单证。

（2）正式投产后，乙方每2～3天到甲方工厂码头提货1次。每次提取数量为2～3天的生产量。乙方超过5天以上不能提运应收数量时，负责偿付甲方租场费用；甲方超过5天以上不能如数交货时，负责赔偿乙方的船舶停航损失，如有特殊情况，双方协商解决。

（六）关于加工费及其支付

（1）本合同规定之50000个集装箱加工费如下：

第一批	10000个	每个加工费	480美元
第二批	10000个	每个加工费	469美元
第三批	10000个	每个加工费	458美元
第四批	10000个	每个加工费	491美元
第五批	10000个	每个加工费	502美元

上述每万个集装箱规定的不同加工费美元单价，均按1979年9月15日中国银行人民币兑换美元的买卖平均价折为人民币，在本合同有效期内不变，乙方按此基数以支付之日的人民币，兑换美元买卖平均汇率折成美元支付加工费。通过中国银行广州分行和中国银行（香港），甲方凭发票、装船单证、收货凭证、乙方代表出具的检验证书（付款期为装船单证或收货凭证签署之日起计60天付款）向乙方收取加工费。

（2）本合同的期限，从正式生产第1个集装箱起计，为期5年。在此期限内，甲方完成5万个20英尺集装箱，并允许超产10%，在此范围内，乙方保证原材料的供应和成品的包销，超出10%以外的数量，则由双方另行议定，但加工费仍按每个502美元计算。

（3）如果5年期满，甲方尚未交足5万个集装箱时，则合同

有效期应延展至交足5万个为止。

（七）关于保险

（1）乙方提供的厂房材料结构件和机器设备，自运交甲方之日起，由甲方负责向中国人民保险公司投保财产火险（水、风、火、地震）。并负担其保险费。

（2）乙方运交甲方用于加工集装箱之原材料及甲方已经加工成品，存厂待运集装箱，按经常保持250万美元价值的保额，由乙方在第1批材料到货前1个月，以书面正式委托甲方，代向中国人民保险公司投保。保险期从材料到厂时开始，保险费由乙方承担。

（3）上述保险以美元币值投保。

（八）关于索赔

（1）在建厂和试生产过程中，一切因素在乙方能够控制范围之内，如发生由于乙方设计，技术资料，技术指导错误，机器设备交货延迟及质量低劣而影响不能正常投产，以及乙方无故中断来料，招致甲方停工待料造成损失时，甲方有向乙方提出索赔损失的权利。

（2）一切因素在甲方能够控制范围之内，如推迟建厂施工和投产，或拖延交货，乙方有向甲方提出赔偿损失的权利。

（3）乙方已运交甲方存厂待加工的集装箱原材料，在保险范围之外，并属于甲方责任造成损失时，甲方负责赔偿。

（4）如果应负责任的一方尽了最大努力，改正其应负责任错误，解决任何问题和弥补任何延误，则不承担上述第1条、第2条任何损失。有关具体事宜，双方本着平等互利原则，届时友好协商解决。

（九）关于人力不可抗拒事故

本合同已列明双方各自责任以外而发生的人力不可抗拒的原因，致使任何一方不能正常履行本合同，合同执行期限相应延长，延长的时间相当于事故消除所需的时间。

（十）关于仲裁

凡有关执行本合同所发生的一切争执，应通过友好协商解决。如协商不能解决，则提交中国国际贸易促进会仲裁委员会进行裁决，仲裁费用由败诉的一方负担。

（十一）关于其他

（1）乙方负责提供的厂房结构件，机器设备以及乙方运来用于加工集装箱的原材料在发货前，应给甲方发货通知，并将必要的发票、重量表、装箱单、质检证、使用说明书、技术标准等，除了随货提交之外，还应在每批发货之前，邮寄甲方副本一份，以便安排接货事宜。

（2）本合同内提到的附件，均为本合同不可分割的组成部分。

（3）本合同期满后，如乙方有意续约时，经乙方于本合同期满之前6个月提出，甲方给予优先考虑，续约条款由双方另议。

（4）本合同与协（78）第CK-0020号协议书互为补充，其不符之处，以本合同为准。本合同未尽事宜，经双方协商后作出补充，并作为本合同不可分割的部分。

（5）本合同于1979年2月26日在广州签订，自签字之日起生效。

当晚，美国CTI公司的高管以及厂房和设备的供应商等，在广州市越秀北路北园酒家举行隆重的宴会，美国CTI公司总裁和副总裁均偕夫人出席，庆祝签署合同，合作取得阶段性成果。美国的厂房和设备制造商，首先在中国内地做成了"一笔无风险买卖"。

第二节
新厂筹建　多快好省

正式合同签订之后，广州造船厂立即组建以谭继祥副厂长为组长，以广船基建科为骨干，各部门密切配合的新厂筹建领导小组。在新厂筹建领导小组的领导下，工人们拆除了原东部工地的两栋旧建筑，完成了"三通一平（通电、通路、通水、土地平整）"工作，重新规划和布置原东部工地的4万平方米空间，还用废钢铁搭建起临时办公室，筹建一栋多功能办公大楼。在各部门迅速而有力的支持下，工人们于1979年6月15日打下厂房第一根桩，标志着一个崭新的广船集装箱分厂建厂动工。

一、引进进口设备

利用外资引进美国钢结构厂房1.8万平方米，各类美国生产的设备共360多台（套），包括卷钢定长剪切线、轮胎吊机、集装箱吊架、二氧化碳保护焊机、自动焊机、各类压床剪床、各式铲车、各式行车、悬臂吊机、空压机、各类喷漆设备、红外线烘干设备，以及流水线全套工艺装置，总值合计843.79万美元。全部进口设备按合同要求准时到厂，也没有发生来货质量事故，为新厂的筹建奠定了坚实基础。

二、美国CTI公司委派驻厂专家

根据编号为79CK-0020C的《集装箱来料加工合同》第三条关于技术指导及培训方面的规定，合同生效后，在建厂、机械设备安装、试生产和正式投产开始的时间内，由乙方派出技术专家到甲方工厂负责全面的技术指导和人员培训。为此，西域投资（香港）有限公司委托美国CTI公司派出3名驻厂专家，帮助解决建厂施工过程中的有关问题。专家名单如下：

艾希（Robert Henderson Ash，以下称为艾希）先生，是美国CTI公司中国集装箱工程总经理，负责集装箱厂建设和集装箱材料及设备的购买。此外，他还负责生产计划、工人培训和工厂管理。

据称，艾希先生曾在集装箱制造厂有15年工作经验，加入美国CTI公司之前，是中国香港国际集装箱公司总经理。

米德尔顿（Martin H. Midleton，以下称为米德尔顿）先生，广船集装箱分厂职工称呼他为"马田"。他是美国CTI公司驻厂工程师，随和、友善，与技术人员相处融洽。在设备的安装和调试时段，他都与广船集装箱分厂的技术工人呆在一起，指导生产，进行技术培训，解决施工中出现的问题。

第二章 新厂投产（1979.2—1982.9）

据说，马田先生在加入美国CTI公司之前，已有20年生产管理和工厂管理经验。

刘哲孟先生，是美国CTI公司华裔职员，助理工程师，美国CTI公司驻厂工程师马田先生的助手。来中国内地前，他是美国CTI公司新加坡、马来西亚堆场的经理，负责按美国CTI公司计划和程序，指导货柜检验、保养、维修、翻新等工作。他在新加坡
和中国香港读书成长，在德国汉堡技术学院接受过教育。他为人随和、友善、热情，与工人们相处融洽。

他们三位于1979年上半年到达广州造船厂东部工地，与工厂职工一起，参与广船集装箱分厂建设，1982年才离开广州。

三、建设集装箱强度试验台

工厂集装箱产品的设计和制造，必须符合箱主船公司或租箱公司的技术条件，满足船级社（法国BV[①]、美国ABS[②]、英国Liovd's[③]、中国船检[④]）的检验标准。每批订单的样箱都必须经过集装箱试验台的17项试验，变形数值合格后，船级社才发给合格证书。正式生产后，每50个箱做1次批量试验。

---

① 法国船级社：Bureau Veritas，简称BV。
② 美国船级社：American Bureau of Shipping，简称ABS。
③ 英国劳氏船级社：Liovd's Register of Shipping，简称Liovd's。
④ 中国船检：中华人民共和国船舶检验局。

广船集装箱分厂引进的国际标准集装箱生产线,两条20英尺,两条40英尺,以年产1万个箱计,平均每天生产33个,试验台的工作量不小。但是,美国CTI公司的建厂技术设计,并没有集装箱强度试验台这一项,也没有相关的资料或图纸。广船集装箱分厂厂长任福炜发现问题后,及时找到中国香港相关工程师,谈定试验台的设计及设备的引进,赶在集装箱生产线工装设备安装完工之前,完成集装箱试验台的主体建设,并备齐各项试验所需的装置和设备。

▲ 集装箱强度试验台

▲ 正在给集装箱做强度试验

四、建厂技术培训

从美国进口的流水线全套工艺装置和设备,包括钢结构厂房、加工设备、起重设备、焊机等,其说明书和技术操作规程全部为英文。那时,刚改革开放,广州造船厂东部工地没有英文翻译人才,时间又紧,负责设备安装调试的工程师,就晚上加班加点自己翻译相关设备的英文技术资料,厂里按照3元/千字的标准发放加班费。工程师翻译后,定时组织相关技术工人进

第二章 新厂投产（1979.2—1982.9）

行技术交底，一起制订设备的安装调试方案。

在筹备建厂期间，广州造船厂东部工地工程技术人员与美国CTI公司的驻厂专家一起，有计划地组织工厂新老职工，进行了3个月的技术培训。其中，工作量最大的是二氧化碳气体保护焊技术的培训，采用理论课加实践的方式，收到了良好的效果。

集装箱生产，按流水线作业，装焊工位全部采用二氧化碳焊接。工位固定，材料放什么位置，成品放什么地方，也有讲究。装焊工等于装配工+焊工。东部工地原有的熟练焊工，先进行二氧化碳焊接训练，然后进行该工位的装配培训，掌握工艺规程、质量要求和安全操作要领之后，才成为装焊工，然后再去培训新工人。广船集装箱分厂的装焊工数量，占了生产工人总数的相当一部分。

广船集装箱分厂是珠江三角洲地区较早招收外来务工人员的企业。外来务工人员进厂之后，首先接受工种培训，包括技术培训和安全生产教育。建厂初期，全厂600多名工人，其中200名是新工人，占三分之一，也有一部分是职工子弟。装焊工上岗前，必须进行实际操作考试，按法国船级社BV的标准和要求，实件焊接考核合格后，发给上岗合格证书。这是装焊工上岗的必备条件。

▲ 新工人在参加培训

五、厂房和设备安装

20世纪80年代,电力建设跟不上居民用电的快速增长,电力供应相当紧张。国家计委为了解决广船集装箱分厂的电力供应不足的矛盾,在国计〔1979〕68号批文中,要求广东省相关部门协助落实。新厂规划新建了一座变电站,由广州河南南石头17#专线直达工厂。厂房建筑打桩完工后,集装箱生产线的工位布置,电力线路、水、二氧化碳和压缩空气管路的走向等,全面展开基础施工,全部按计划完工。

▲ 广船集装箱分厂建筑工地"三通一平"现场

按合同要求,在14个月内完成建厂施工,及时投产,至为重要。据美国CTI公司设计的工厂布置图,两栋厂房,其中一栋2000平方米,内装10吨和5吨行车;另一栋15000平方米,内装30多台2吨行车。两栋厂房都是预制件结构厂房,是美国U.S.I建筑公司和MARATHON结构公司第一次销往中国内地的产品。他们很重视声誉，为了保证产品质量，提出由他们负责厂房结构的安装，完工周期120个工作日，费用37万美元。起初考虑到这些标准化、系列化的厂房结构在国内实属罕见，工艺要求严格，新厂筹建领导小组从施工周期和工程质量考虑，认为委托外商施工较好。但其中一些人又自信地认为，广州造船厂各类技术人才都不缺，厂房结构也不复杂，安装工艺应该难不倒广州造船厂的工人。同时，他们还考虑到国家声誉和工厂声誉，最终婉拒了外商负责安装的意见，并得到外商的理解。于是，广船集装箱分厂的工程师认真翻译了厂房结构安装说明书，组织参与施工的技工一起开会，仔细研究美国U.S.I建筑公司的厂房技术条件和施工图纸，提出了既能满足工艺质量要求，又符合广船集装箱分厂实际条件的施工方案。

施工期间，美国CTI公司派来两名技工指导厂房结构施工。在厂房安装过程中，美国技术人员坚持要广船集装箱分厂的工人在8~9米的高空中，不系安全带，行走在只有25厘米宽的工字梁上，徒手把50公斤的桁条抬到各个安放点。广船集装箱分厂的领导层认为，这样做不符合本厂的安全操作规程，工人有生命危险，所以不允许这样干。但是美方技术人员认为，日本和中国香港、台湾的工人都这样干，为什么中国内地的工人不行呢？在争议中，广船集装箱分厂组织了两名起重工，按美方的要求干了一阵子，用事实证明本厂工人不仅能干，而且能干好，但是广船集装箱分厂依旧不允许这种违规操作。广船集装箱分厂进一步要求，只要能达到美方提出的进度和质量要求，美方就不能约束广船集装箱分厂用哪种办法施工。结果，广船集装箱分厂采用机械加人力的方法，只用了52天就完成了18000平方米钢结构厂房的安装工程，既缩短了施工周期，又节省了37万美元外汇，还锻炼了职工队伍，积累了大面积轻型钢结构厂房安装的施工经验。广船集装箱分厂工人的表现，得到美国CTI公司驻厂工程师马田先生的认可和好评。

六、自制工装

在建厂合同中，原本有48个工位的工艺装备由美方供应，美方报价88.4万美元。本着尽量节省外汇开支，能国内解决的就尽量由国内解决的精神，广船集装箱分厂与美国CTI公司举行二次会谈，商定其中34项156套工艺装置改由自己生产，美方提供工艺装备的图纸，供应各种标准夹紧固定装置。这样一来，费用从88.4万美元降至43.4万美元，节约了45万美元外汇。为此，1979年6月7日，广州造船厂以（79）厂革发字第142号文，向六机部一局出口处申请解决40万元费用和300吨钢材指标。

▲ 广州造船厂（79）厂革发字第142号文局部影印件

第三节
工程竣工　验收试产

按美国CTI公司的国际标准集装箱设计的生产流水线，广船集装箱分厂以其全新的工装设备布置为蓝图，经过14个月紧张而有序的筹建施工，全面完成了18000平方米厂房的建设和300多台（套）设备的安装。1980年8月上旬，一个崭新的集装箱厂傲立于珠江岸边，经过培训的600多名职工也随即到位。

英文厂名：Kwangchow Shipyard Container Factory。

简称：KSCF。

系统内称呼：广州造船厂集装箱分厂（简称广船集装箱分厂）。

▲ 广船集装箱分厂大门

▲ 广船集装箱分厂全景图

▲ 广船集装箱分厂俯瞰图

一、设备调试和验收

全厂新设备、新系统，试产前须检验设计和安装的正确性，包括各供电系统、二氧化碳供应和使用系统、压缩空气系统、供水系统等。

按合同，全厂进口的新设备进行1个月单机调试，广船集装箱分厂工程技术人员在美方驻厂代表的陪同下，进行空载和负载试产运行，发现问题，逐一解决和验收。加工设备，如开卷机、剪床、压床，按说明书和使用性能验收。此外，还要检验广船集装箱分厂设计和制作的辅助供料托架和完工部件堆放运输托架等，设计是否合理，使用是否方便。

▲ 引进设备：开卷定长剪切线

二、产品质量管理和控制

20世纪70年代，美国CTI公司是全球最大的租箱公司，又是国际集装箱标准的制定者之一。该公司设计的生产线及其质量要求，在当年有一定的代表性和权威性。该公司采用的钢材表面除锈防护工艺是当年的流行方法之一。卷钢先剪切加工成型材，然后装配成集装箱的前壁、后壁、左右侧壁、顶板和底框，在流水线上抛丸除锈，上底漆烘干，然后在总装工位装配成集装箱。焊缝除锈后，工人给集装箱补底漆，最后喷面漆。箱主尤其关注以下几项的质量要求。

（1）钢材或部件，不能露天堆放生锈，不然抛丸质量难达标。

（2）装配好的部件，其死角位焊缝的抛丸光洁度，是箱主重点关注的内容。抛丸除锈系统的行走速度是重要参数。

▲ 集装箱红外线烘干设备

（3）总装成型后，焊缝除锈是否达标，箱主代表经常抽检。

（4）富锌底漆和面漆的漆膜厚度，既要达标又不能超标。不达标则容易在质量保证期内出问题，超标则油漆耗量大，成本高，质量也不一定

▲ 集装箱部件除锈喷底漆并烘干流水线

好。广船集装箱分厂当初是外商来料加工，试产期间，油漆耗量曾一度严重超标。美国CTI公司驻厂代表扬言要油漆工赔偿，使几个油漆工喷漆时慎之又慎。

三、设备调至正常工作状态，正式试产

补偿贸易，来料加工，材料成本是外商的。美国CTI公司和西域投资（香港）有限公司都严格控制试产期间的材料消耗。从第一个集装箱正式下料开始，外方经理和工程师，广船集装箱分厂管理层和技术人员，法国船级社BV代表等，逐个工位，跟踪测量尺寸、焊缝外观、漆膜厚度、施工工艺、质量标准、施工时间等，直到出厂。广船集装箱分厂成功试制出美国CTI公司20英尺国际标准集装箱。

按照法国船级社BV的技术要求，从第一批产品中抽调一个20英尺集装箱，在广船集装箱分厂新试验台上进行了16项强度试验，变形数据全部合格。法国船级社BV正式为广船集装箱分厂颁发投产许可证书。

▲ 马田先生

▲ 刘哲孟先生

四、工程竣工验收

1980年8月，六机部下发（80）六机基字549号文，关于广船集装箱分厂基本建设工程，下达竣工验收计划的通知，要求广州造船厂组织专门领导班子，做好有关验收的准备工作。通知特

别强调，广船集装箱分厂是六机部首次采用补偿贸易进行工程竣工验收的项目，竣工验收资料准备工作要在试生产结束前准备完毕，以促进试生产转入正式生产。竣工验收资料必须在1980年9月30日前汇编完，报六机部。按照六机部的部署，1980年8月13日，广州造船厂下发通知，对验收工作做了详细的安排和部署。

1. 明确竣工验收的目的

（1）广船集装箱分厂是改革开放后，国家计委批准的建设项目，竣工验收要检查在建设中贯彻执行国家方针政策的落实情况。

（2）本工程是广船利用外资的建设项目，需要总结建厂的经验和教训。

（3）检查建设质量，为今后的生产、改造、维修提供必要的资料。

2. 成立竣工验收组织机构，落实到人

成立竣工验收组织机构包括竣工验收领导小组、验收工作办公室、资料整理组、财务核算组、生产准备组。

3. 广船集装箱分厂的竣工验收工作计划

从1980年8月16日至9月20日，分厂按自编计划安排工作。9月30日，《竣工验收动用报告》汇编成册，并上报六机部、省工办等领导部门。

4. 单项竣工验收计划进度

从10月20日上午8时30分开始，参加验收的单位在集装箱分厂集中，开始单项验收，在1周内连续进行，直至完成。

单项验收顺序：

（1）主、副厂房土建工程设备安装公用系统。

（2）油漆库　空压站　二氧化碳站　强度试验台。

（3）稳压站　变电站　输电网络　照明供电专线　通讯广播。

（4）驳岸交货平台　材料码头　集装箱堆场。

（5）办公楼大门及传达室。

（6）下水道　道路　工业管道　厂外给水管。

（7）起重运输设备。

（8）燃油库。

五、六机部下发验收批文

1981年2月24日六机部以（81）六机基字270号文《关于广州造船厂集装箱分厂基本建设竣工验收的批复》，批准广船集装箱分厂建厂工程验收。

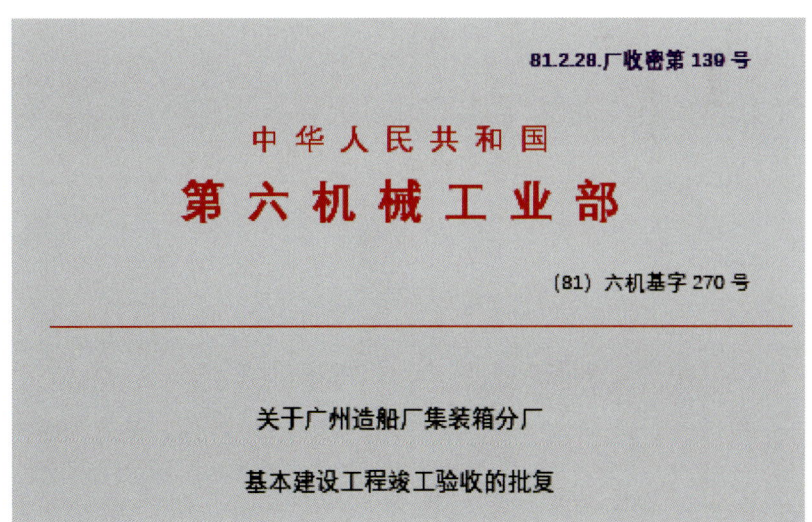

▲《关于广州造船厂集装箱分厂基本建设工程竣工验收的批复》文件局部

广船集装箱分厂引外资求发展实录

批文指出,广州造船厂集装箱分厂的基本建设工程,经国家计委1979年2月18日国计〔1979〕68号文件批准建设,同年6月15日开始施工,1980年12月竣工投产,基本上按合同规定完成建厂。这是六机部与国外厂商采用补偿贸易来料加工方式贷款建设的第一家船用集装箱厂。建厂期间,由于各方面的支持和协助,经参加集装箱分厂建设的全体职工的辛勤艰苦的努力,各项建设工程符合设计要求,工程质量良好,产品试生产一次成功,质量合格。分厂的生产能力,经过样箱试制、操作人员技术鉴定和考核、小批量试生产的实践,被证明达到了设计标准和要求。

批文在批准工程竣工验收的同时,还为广船集装箱分厂今后的工厂管理和生产经营目标指出了努力的方向。

▲ 广船集装箱分厂生产的第一批装船待运美国CTI公司的集装箱

第四节
中外来宾　开工同庆

严格按照合同要求，经过有序的建设施工，精细的设备调试和试生产，通过了竣工验收之后，全新的广船集装箱分厂正式投产。1981年1月20日，在广州市革新路118号举行了隆重的开工典礼。中国机械进出口总公司和第六机械工业部领导，广东省、广州市有关领导，美国驻广州总领事，美国CTI公司管理团队和西域投资（香港）有限公司管理层，以及其他中外来宾，共200多人参加了典礼。

1月20日上午9时刚过，广州造船厂厂长严明、美国CTI公司总裁福克斯先生、西域投资（香港）有限公司董事长林良成先生，就在广船集装箱分厂的门口迎候参加开业典礼的各方来宾。广船集装箱分厂大门前，张灯结彩，锣鼓喧天，花篮林立，舞狮腾跃，热闹非常。

上午10时，在广船集装箱分厂办公楼前，开工典礼仪式隆重举行。广州造船厂厂长严明发表讲话，欢迎各方来宾参加广船集装箱分厂开工投产的典礼。开工典礼结束后，中外来宾在厂房出箱口门口剪彩合影。

▲ 门口迎宾现场

▲ 广船集装箱分厂大门前,舞狮庆贺新厂开业

第二章 新厂投产（1979.2—1982.9）

▲ 开工典礼正在举行

▲ 广州市副市长汤国良（右九），广州造船厂党委书记郝景秋（左四）、厂长严明（右一）、副厂长周永根（右三），美国CTI公司总裁福克斯（左八）、副总裁孔兹（左三），西域投资（香港）有限公司董事长林良成（左十二）、总经理周自强（左十）等领导和嘉宾剪彩合影

▲ 广州造船厂管理层与来宾一起参加庆典活动。广州造船厂党委书记郝景秋（右二）、广州造船厂副厂长谭继祥（右一）、西域投资（香港）有限公司董事长林良成（左一）

▲ 1981年1月20日晚，西域投资（香港）有限公司在广东迎宾馆举行200多席的盛大招待会，庆祝广船集装箱分厂如期正式投产

第二章 新厂投产（1979.2—1982.9）

▲ 招待会上，各方代表举杯祝贺

▲ 美国《财富》杂志在1981年3月23日刊登文章《一个美国公司的无风险中国买卖》，大篇幅介绍了美国CTI公司在中国广州建立集装箱厂的过程以及广州造船厂的相关情况

▲ 美国《财富》杂志刊登广船集装箱分厂职工照片

▲ 美国《运输2000》杂志1981年1/2月"特别报道",较为详细地介绍了广船集装箱分厂的建厂过程

第五节
合作三方　初尝胜果

对于合作三方的管理层而言，举行新厂开工典礼，当然是繁忙而高兴的。两年来的努力，终于有了初步的成果。大家都期望今后合作顺畅，生意兴隆，能为本公司带来稳定而丰厚的收益，但心里也免不了评估，合作会带来什么风险、要面临什么难题、要克服什么困难。

美国CTI公司总裁福克斯先生是个拥有长远战略眼光的企业家。他在开工庆典后充满希望地说，广船集装箱分厂建成投产，充分证明，这笔生意的合作三方都能得到某些罕见的东西。中国内地终于有了一间生产国际标准集装箱的工厂，可以赚到可贵的外汇。今后中国内地经济发展，出口产品增加时，必然加速集装箱化运输的发展。美国CTI公司也希望能在中国内地买到比较便宜的集装箱，并在中国内地的港口租出美国CTI公司的集装箱。西域投资（香港）有限公司，是合作的中间人，估计今后每年可以稳赚到700万元利润。

福克斯先生，作为美国当年拥有30万TEU公司的负责人，1978年就有在中国内陆租赁集装箱的期望。他与西域投资（香港）有限公司董事长林良成先生，多次到广州与中国内地有关

部门负责人会谈。1979年2月25日，他们连续谈判23小时，与中国机械进出口公司广东分公司和广州造船厂签订合同，促使三方合作成功。

为什么美国CTI公司如此辛劳地帮助中国内地建立集装箱制造厂，并使之拥有国际标准集装箱的生产能力呢？这对美国CTI公司有多大的利益关系呢？

据后来的资料分析，20世纪70年代，美国CTI公司远东太平洋的租箱生意主要在日本、韩国、中国的香港、台湾地区。虽然中国香港当年有一间捷和集装箱厂，但中国香港的出口强劲，美国CTI公司每年要花100万美元，从其他地方运空箱到中国香港应急。1978年后箱价飚升，美国CTI公司的经营压力不断增大，极需增加箱源，以平抑箱价。

而广船集装箱分厂建厂合同的签订，1981年新厂的建成投产，5年5万TEU的箱源，有力地平抑了当年箱价的上升趋势。

同时，为建设中国远洋集装箱船队，中国远洋运输公司从1978年开始在国外买箱。世界最大的租箱公司CTI管理层，本能地感到中国内地的生意就在眼前。如今建起新厂生产集装箱，在中国买箱租给中国公司，正是顺势而为。

这或许是美国CTI公司的"短期收益"。至于美国CTI公司计划在中国筹建三间集装箱厂，以便达到在内地港口租赁集装箱，巩固其全球老大的地位的"长远目标"能否实现，那是后来的事。

第六节
国家政策　给力支持

一、海关政策

海关政策的支持主要体现在两个方面，一是批准以船就厂临时装货点，二是免征补偿贸易来料加工关税。

广船集装箱分厂位于珠江岸边，水陆交通极为方便，完工的集装箱产品可经船舶运往香港和珠江三角洲任何港口码头。当初美国CTI公司选定广船东部码头建厂，其中很重要的一点就是看重水路交通优势。

当工厂完成基建，进入试产阶段时，广州海关于1980年11月24日适时地下发（80）穗关办字第46号文《同意集装箱分厂专用码头作为以船就厂临时装货点的函》，批准广船集装箱分厂专用码头，出口补偿贸易合同的产品；要求在装运集装箱时，必须指派责任心强、有一定业务水平的人员作为监装员负责监装，保证安全和出口货物符合国家政策规定；要求报监装员名单至海关货管处备案；要求在集装箱出口前，派人办理必要的手续。

中华人民共和国广州海关
同意集装箱分厂专用码头作为以船就厂临时装货点的函

（80）穗关办字第 46 号

广东省机械进出口分公司：

你司同广州造船厂集装箱分厂一九八〇年十一月十七日广机、船（80）字第87/107号函悉。经研究，考虑到你们执行79CK-0020C号补偿贸易合同和装运集装箱的具体情况，同意由广州船厂集装箱分厂专用码头，装载上述补偿贸易合同的产品出口。在装运集装箱时，由你司派出责任心强，有一定业务水平的工作人员作为监装员，负责进行监装（监装员名单请报我关货管处备案），保证安全和出口货物符合国家政策规定。在每次装货前要事先联系我关驻河南作业区工作组，装货完毕后，均应填写监装情况联系单，连同出口单证到该组办理结关手续。在开始出口前，请派人来我关联系具体进行研究。

此复。

（盖章）

一九八〇年十一月廿四日

第二章 新厂投产（1979.2—1982.9）

二、广州工商行政管理局的支持

广州工商行政管理局的支持主要体现在发放经营执照方面。

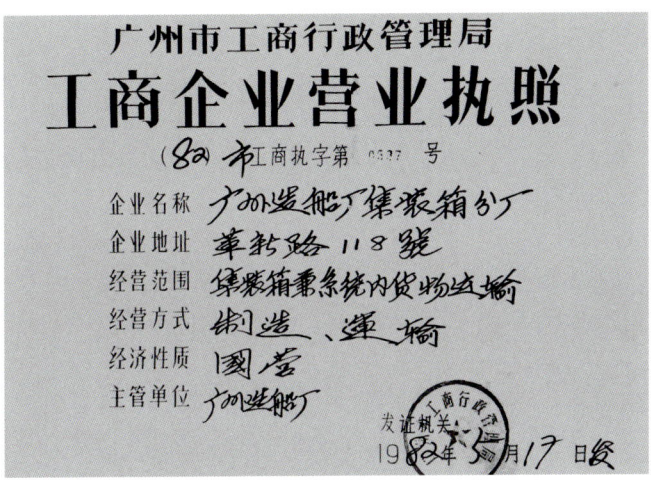

▲ 当年广州工商行政管理局发放的经营执照

三、广州市芳村区税务局的支持

原广州市芳村区（现并入荔湾区）税务局的支持主要体现在税务登记证的颁发上。

四、国家财政部的支持

1981年1月20日,六机部下发(81)六机财字108号文《转发国务院批转财政部〈关于进出口商品征免工商税收的规定〉的通知》,规定对为加工出口商品而进口的原材料、辅助材料、包装材料和零部件,免征工商税。但是,加工出口转为内销的商品所耗用的进口原材料、包装材料和零部件,应补征进口的工商税。

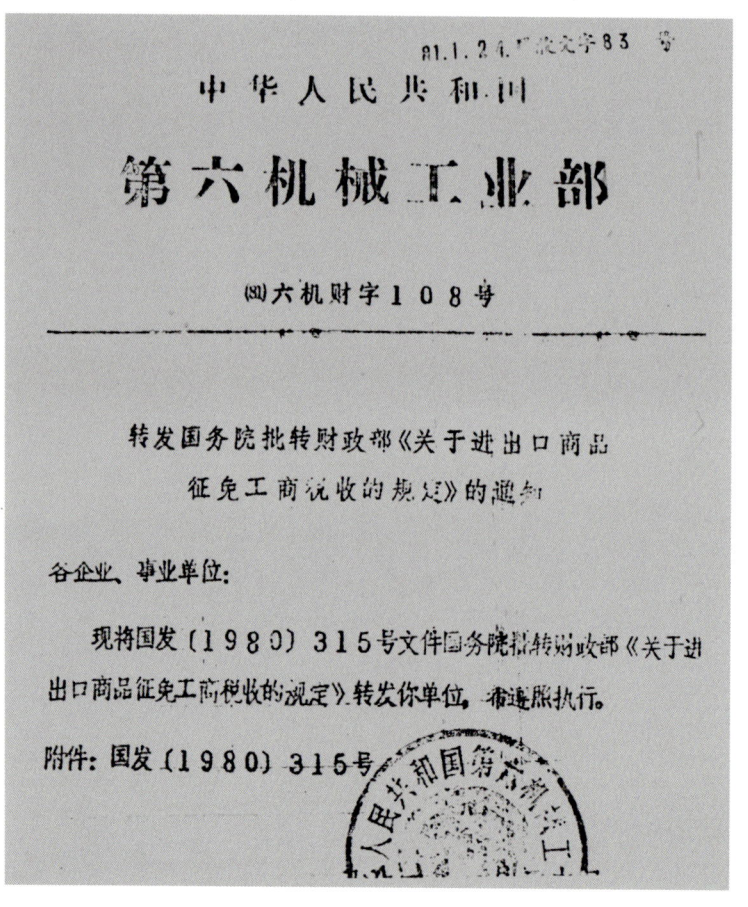

▲ 〔81〕六机财字108号文

第三章 3

红帆出海

（1981.1—1982.12）

第三章　红帆出海（1981.1—1982.12）

第一节
优质高产　一年达标

新厂建成投产，广船集装箱分厂的补偿贸易负债，在1979年从每批材料和设备议付贷款之日起开始计算利息。正式投产时，广船集装箱分厂的贷款总额已超过840万美元，因此管理层感受到了巨大的负债压力。为了完成新厂的各项目标任务，分厂管理层的力量得到充实和加强：

分厂长：王永宪

副厂长：任福炜

　　　　何　祥

　　　　钟玉权

正式投产初期，美国专家在厂，英文资料居多，新班子的分工并不明显，每个人的工作既有偏重又互相支持和帮助，协同解决问题，当时共同面临的任务是：花钱引进的设备和生产技术，其知识必须尽快消化和吸收；产品质量和生产流水线产量，要尽快达到设计纲领；尽快还清建厂投资债务。

由于广船集装箱分厂的技术底子较好，工人和工程技术人员又勤奋努力，对设备的操作及生产技术的消化和吸收，进展还算快。但是，在投产后的大半年时间内，每天的产品产量

都在20个箱左右徘徊，一直无法达到设计纲领日产33个箱的要求，加工费的收入不够支付建厂投资的利息和生产成本。

面对这种状况，管理层不能拖拉，必须解放思想，尽快采取有效措施。经请示广州造船厂厂长严明，广船集装箱分厂采取了以下几个有力措施：

（1）1981年3—4月，如果连续一周各工位每天的产量都达到设计纲领，即平均日产33个箱的定额要求，给予一次奖励。

（2）产量达到设计纲领后，实行计件奖金制。在保留职工原工资等级的前堤下，如达到设计纲领产量，即每天产量达到33个，月产量834个，则每人每个箱的奖金为0.048元。

（3）为了进一步提高产量，提高经济效益，在原计件奖的基础上，凡超过设计纲领的产量，每个箱的奖金增至0.183元。

1981年9月份日产量突破设计纲领33个之后，仅用了4个月的时间，就完成了全年目标产量的49%，保证了1981年计划产量的完成。

广船集装箱分厂于1981年1月20日正式投产，经过上半年的磨合和年中3个月的停工待料，从9月开始连续4个月达到美国CTI公司的设计纲领，平均每天生产33个箱，最终全年产箱8120个，比原计划超产120个。

但在1981年的生产中，也存在不利因素，一是从5月份开始，连续3个月，因国外来料供应不上，工厂停工75天，导致平均日产量大幅下降，甚至影响了职工的工作热情。二是根据1979年2月26日编号为79CK-0020C的《集装箱来料加工合同》的第一条第4款，补偿贸易借款按积数计息法计付利息，利率每半年议定一次，广船集装箱分厂的借贷利率最高时达到23%，广船集装箱分厂负债压力大,处境相当危险。但在相关部门的支持下,广船集装箱分厂及时采取措施,向中国银行广州分行借贷600万美元,年利率10%,借内债还外债。加上提高月产量,摊薄利息,到12月份,每个集装箱摊入的贷款利息已经从3月份的221美元下降到了96.7美元,仅相当于3月份的43.8%。最终,广船集装箱分厂克服了困难,顺利度过了第一年。1981年11月,广船集装箱分厂获得了六机部优质产品奖。

1981年正式投产后,产品产量和质量情况如下:

1981年广船集装箱分厂每月完成产量统计表

月份	工作日(个)	实际产量(TEU)	平均每天产量(TEU)
1	26	320	12.3
2	21	368	17.5
3	26	716	27.5
4	26	800	30.8
5	25	408	16.3
6	26	465	17.9
7	27	254	9.4
8	26	843	32.4
9	26	916	35.2
10	25	1000	40.0
11	25	1000	40.0
12	27	1045	38.7
合计	306	8120	26.5

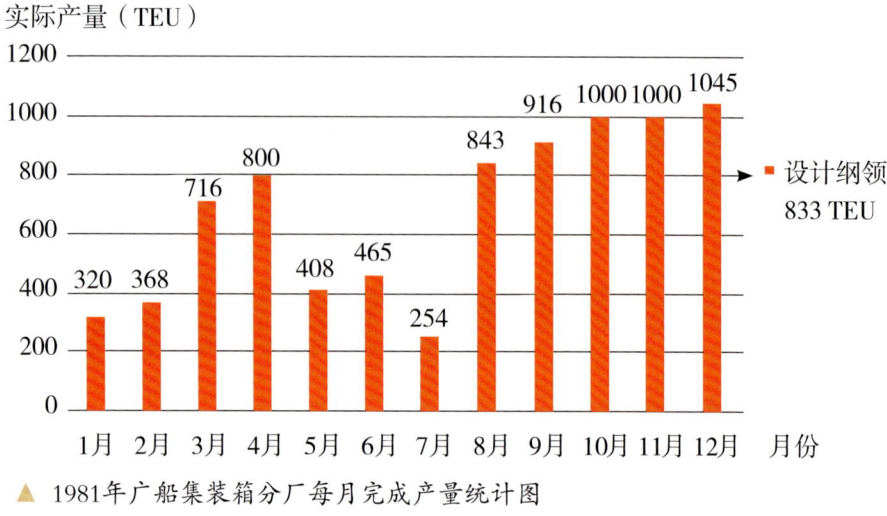

▲ 1981年广船集装箱分厂每月完成产量统计图

经过努力，1981年广船集装箱分厂取得了不错的经济效益。

美国的财政年度是三月份结束，1981年3月31日美国CTI公司总部和西域投资（香港）有限公司派专人到广船集装箱分厂。全厂定时不准搬动任何料件，详细清点仓库库存材料和生产线上的料件，全厂职工停工停产配合。清点计算完毕，会计对账。

1981年3月底止，广船集装箱分厂所欠贷款本息如下：

1981年3月底贷款总额	843.79万美元
1979年至1981年3月底发生利息	146.76万美元
至1981年3月底为止贷款本息为	990.55万美元

1981年全年总收入262万美元（按D/P60天收款计算），至

1981年底全年还款数据：

还完1981年3月底之后发生的银行利息	154.45万美元
还完1981年3月底之前本息数为	58.55万美元
合计：实际还完本息数为	213万美元
结汇49.5万美元	

1981年底尚欠内外贷款金额：

欠西域投资（香港）有限公司	310万美元
欠中国银行广州分行	572万美元
欠中国人民银行广州分行140万人民币，相当于	50万美元
合计：欠国内外贷款	932.0万美元

1981年5—7月，因美国CTI公司购买的集装箱材料交货延误，生产线停工75天。当时有一种普遍的观点：这是美国CTI公司在市场不需要箱时的有意所为。

然而，从不同的消息渠道得知，对工厂停工待料的原因，还有另外三个不同的解释。

第一个解释是，美国CTI公司在购料过程中，在美国使用银行信用证付款时碰到了麻烦，耽误了时间。

第二个解释是，像广船集装箱分厂这样的新厂，在世界其他地方正式投产之后，一般要1～2年，其产品质量和产量才能

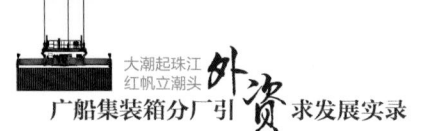

达到设计纲领。但出乎预料,广船集装箱分厂才用几个月就实现了目标。所以,材料供应没有跟上生产进度。

第三个解释是由美国CTI公司技术副总裁孔兹先生提出的,他认为当年通讯不便,合作方对广船集装箱分厂的生产计划和工厂管理的信息了解不全,沟通不及时。美国CTI公司与广船集装箱分厂之间的协调管理工作做得不好。

孔兹先生在广州造船厂引进美国CTI公司集装箱生产技术、建立集装箱分厂的过程中出了大力。在签约之前的技术交底,合同条款的技术谈判,建厂过程的技术帮扶,他都亲力亲为。对于广船集装箱分厂在生产过程中,遇到的技术方面的疑难问题,他都乐意帮助解决。

为此,应孔兹先生的请求,广州造船厂选派职工尉东为美国CTI公司驻厂代表,尉东从1981年6月起,负责美国CTI公司指定的文秘工作。

经此安排,美国CTI公司的来料与工厂生产计划的配合确实好了很多,未再次出现过停工待料现象。合作三方都对此感到满意。

1982年4月15日,孔兹先生写信给广州造船厂厂长严明,对尉东1981年6月—1982年4月的工作表示满意,并写了评语。因1982年三方合作合同做了较大修改,材料代购发生变化,美国CTI公司在广船集装箱分厂的有关业务也发生了某些改变,所以,对尉东的实际工作重新进行安排。某些方面的文书工作少了,而质量检验和试验报告等内容增多,与此相应的文书工作量也增大了。

不过,孔兹先生认为,尉东的工作量应达到何种程度,将

第三章 红帆出海（1981.1—1982.12）

在1982年底再作评估。在1982年底之前，如果双方决定终止雇用尉东为美国CTI公司驻厂代表，美国CTI公司将提前90天书面通知广船集装箱分厂。孔兹先生还对尉东的工资支付安排做了相应的说明。1982年5月11日，严明厂长复信给孔兹先生，同意继续雇用尉东为美国CTI公司驻厂代表。

CTI-Container Transport Internat
445 Hamilton Avenue
White Plains, N. Y. 10601

Telephone: (914) 682-7409
TWX 710 568 1375
Telex 996565

THOMAS J. KUNZ
Vice President
Technical Services

April 15, 1982

Mr. Yan Ming, General Manager
Guangzhou Shipyard
Bai He Dong
Guangzhou, China

Dear Mr. Yan Ming:

It has been some time since I had direct contact with you. Hope you are well.

With respect to the matter of Miss Wei Tung's employment, first let me say her assistance and dedication to work assignments is considered most satisfactory. Those for whom she has worked have reported her productivity as meeting our standards. Miss Tung is reliable, cooperative and responsive to management direction.

As you understand, CTI's involvement with the KSCF project has changed somewhat as a result of the recent contract amendment. A certain amount of clerical work at the plant, including record keeping, reports, etc. will no longer be required. Offsetting this, however, will be an increase in other clerical work due to expanded monthly production that requires more container inspections, test reports, etc. It was for these reasons we believe clerical assistance will still be required. We will probably be in a better position to reassess the situation by the end of 1982 as to what the work volume will actually amount to.

It was for the foregoing reasons I recommended we continue with Miss Tung's employment on a month to month basis, as we have this past year. Should at any time in the future we decide to terminate the position, CTI will provide KSCF with notice of such termination at least 90 days prior to the effective date. This is a standard policy we follow with CTI employees.

I trust the above arrangement is found satisfactory and this letter will be considered as a substitute for any other type of formal agreement between CTI and KSCF. CTI does not have a policy for formal employment contracts. Please confirm.

```
Mr. Yan Ming                    -2-              April 15, 1982


I apologize for the delay and confusion in reimbursing KSCF for Wei
Tung's salary expense.  Trustfully, this matter has now been corrected
and payment made without further delay.  In the future, our Hong Kong
Office will arrange the monthly salary payment to Civet, who will in
turn reimburse KSCF.

It is a CTI policy to appraise its employees performance annually and
recommend any salary adjustments at that time.  Miss Wei Tung commenced
her assignment June 1981.  Accordingly, as of June 1, 1982, we offer to
increase the monthly salary amount to USD 144 in recognition of her sat-
isfactory performance.  Unless you object, I will authorize our Personnel
and Accounts Payable Departments, also our Hong Kong Office, to adjust
their records and reflect this increase.

Please advise.

                                             Very truly yours,


TJK:cah
```

▲ 孔兹以此封书信作为对尉东的正式雇用合同，征求严明厂长的确认

```
                                             11 May, 1982

Mr. Thomas.J.Kunz
Vice president
Technical service
CTI International Inc.
445 Hamilton Avenue,
White Plains, New York 10601 U.S.A

Dear Sir,

    Your letter dated April the 15 th was received. Thanks for
your appraisal for Miss Wei Tung's satisfactory performance
and paying attention to this matter. I understood that her
improved vocational work was due to her hard working, especially
to your trust and fostering. Please believe that she can study
and work hard to meet requirement of CTI, and please have strict
demands to make of her which is CTI's trust in her.

    I agree to Miss Wei Tung's continued employment on a month to
month basis and to increasing the monthly salary amount to
U.S.D 144.

    Best regards.

                                             Very truly yours,
                                               Yan Ming
                                             Kwangchow Shipyard
```

▲ 严明厂长给孔兹的回信

第三章 红帆出海（1981.1—1982.12）

广船集装箱分厂在产量和质量上达到设计纲领之后，孔兹先生表示，广船集装箱分厂经过努力，已经消化和掌握了美国CTI公司的集装箱设计和制造技术，今后使用美国CTI公司留下的技术图纸和生产诀窍，不必另外支付专利费或其他费用。

广船集装箱分厂补偿贸易完成后，孔兹先生还来过广州两次。广船集装箱分厂代表团到美国推销产品时，也顺路拜访过这位老朋友。

▲ 广船集装箱分厂代表团在孔兹先生家中合照

第二节
优化设计　产能提升

广船集装箱分厂开局第一年，产品产量和质量都取得了相当优异的成绩，究其原因，广船集装箱分厂工程师任福炜带领一班工程技术人员克服各种困难，在其中发挥了重要作用。1981年12月，广州造船厂领导调整了广船集装箱分厂的领导班子，任福炜由副厂长升任为厂长。

分　厂　长：任福炜

副　厂　长：何　祥

　　　　　　钟玉权

　　　　　　陈德辉

总支书记：郑大康

▲ 广船集装箱分厂厂长任福炜

广船集装箱分厂使用的美国CTI公司设计的国际标准20英尺和40英尺钢质干货集装箱流水生产线，经过1年频繁的流水线作业，产量已达到单班年产10000TEU的设计纲领，其中存在的问题也基本清楚。新领导班子研究认为，广船集装箱分厂已经有条件采取更加有力的措施扩大产能，增加产量，提高经济效益，加快还债速度。

▲ 广船集装箱分厂厂长任福炜（左二）、副厂长何祥（左一）、钟玉权（右一）、陈德辉（右二）

一、优化生产流水线设计

研究认为，年产10000TEU，平均日产33TEU，总装线的生产频率大概48分钟1个箱，如果生产频率加快到30分钟1个箱，则只需补充少量设备，以及个别工位补充劳动力，单班生产即可达到年产15000TEU，提高产能50%。就是说，生产线还有潜力可挖，产能仍可提升。

但是，加工设备是短板，包括卷钢开卷定长剪切、部件剪切、部件折弯等工位的加工频率，仍无法达到增产要求，这是因为，美国CTI公司设计时，已按机械运动速度分秒计算好了；美国人个子高，力气大，一部机械加工设备只定员1个人，而中国人相对体型较小，所以要增加1个定员。总的来说，若要单班生产能力提高到15000TEU，则生产线必须增加必要的设备或装置，且个别工位要增加工人。

为了选择合适的优化方案，广船集装箱分厂主管领导分别召开了管理干部、技术人员、工人三结合的小、中、大各类座谈会和调查会，最后拟订相应的优化调整计划和方案。

1. 调整或补充部分岗位定员

分析各工位工作内容和工作负荷之后，减少了辅助人员，比较合理地安排各工位定员。1982年在生产一线增加70名操作工人，其中2月份首先增加12名机加工工人。

2. 增加必要的设备或工艺装备

机加工设备

1/2"x10"剪床	1台
400吨压床	1台
300吨压床	1台
200吨压床	1台
焊接设备半自动电控仪	12套
接触焊机	1台
集装箱铲车	1台

3. 优化流水线工艺，改善环境，提高产能，提高装焊质量

（1）总装48#工位的工作量大，质量要求高，一直是提高产量和质量的瓶颈，工艺装置的改造很有必要。

（2）侧壁、顶板、门板、角柱自动焊，要增加设备，提高产能，提高质量。

（3）改善箱体表面漆膜质量。箱底部喷漆工位，增加必要的装置和定向灯光。侧壁喷漆的施工环境有待改进，漆膜质量有待提高。

（4）提高工效。手动悬臂吊效率低下，需改为行车，手动改电动。修改二、三线工艺布置，原布置物流不顺，不便管理。

（5）加强劳动保护，减轻环境污染。进口的钢结构厂房，高度不够，采光不足，没有安装电动抽风机。上班时200多台二氧化碳焊机同时开动，喷漆、烘干、铲车，一齐施工，空气混浊，环境不良。必须增添厂房的屋面透光板及抽风机，改善厂房采光和空气流通。加固车间地面，减少粉尘，降低空气污染。

4. 发挥青年工人作用

关心青年工人成长和外来务工人员生活，了解并宣传青年工人的好人好事，发挥青年工人在生产和工作中的作用。

二、调整管理机构职能

从1982年1月开始，广船集装箱分厂自购集装箱材料，从国外进口材料，向国外销售产品，即两头在外，而且，生产线产量提高，节奏以分钟计，速率加快。所以，工厂的管理机构和人员职责必须进行相应调整，以适应工厂面向国内外客户后，在业务和管理层面发生的变化。调整后，管理机构的设置和职能如下：

1. 生产计划股

参与买主订货合同及外协件的洽谈，会前拟定各项数据和

方案。配合技术部进行设计和工艺的修改。

根据合同要求和领导指令，安排年度、季度、月度生产计划，组织合同的实施和各项指标数据的统计。

全面领导各生产线按时按质按量完成任务，对生产过程执行指挥调度，低成本完成各项合同指标。

及时收集整理生产数据，制作报表并向厂领导报告生产进度。

2. 技术股

按国际集装箱标准化组织ISO技术要求，设计和编制合理的技术工艺，组织生产线实施技术标准，确保工厂的产品质量。

参与合同的技术谈判，按客户要求，设计、绘制集装箱产品施工图纸，交客户审定，确保样箱试验合格。在产品设计中，做好目标成本管理，控制或提高工厂的经济效益。

编制厂的产品质量计划，在满足客户要求的前提下，使产品设计标准化、规范化。

按新图纸设计新的冲裁模、压模及工艺装置。必要时，修改施工工艺。

解决生产现场的技术问题。

3. 财务会计股

按国家政策做好外汇的收入、支付和结汇管理。

必要时，负责对合作方境内外会计师的核数工作提供资料，做好与境内外会计师的协调工作。

收集工厂的各项指标数据，做好成本核算，充分保证成本资料的准确性、及时性和完整性，做好各项财务计划的管控。

第三章　红帆出海（1981.1—1982.12）

做好工厂的资金营运安排，按经营需要合理调配资金，保证资金运转的安全，尽可能降低资金占用。

做好工资、奖金的计算和发放。

4. 动力设备股

负责工厂固定资产管理，包括大修计划、项目完工验收、更新改造、日常维修与保养等。

负责动力供应和设备维护网的管理，保证生产线各工位生产的正常运转，尽力减少生产线的设备故障停台时间。

负责厂房、设备、工具、模具的保养、维护、修理。

负责设备、工具、备件、低值易耗品、劳保用品的购置、外协、内协和发放。

5. 劳动管理股

负责生产线各工位劳动力的配备，人员流动时的查定并及时平衡补充；人力资源的管理和配置。

对外来务工人员、技工进行培训和调配。

做好劳动保护和安全生产监督。

参与制定劳动奖励方案，日常收入分配的计算。

6. 质量检查股

做好集装箱材料及部件进厂的质保证件检查及来料品质检验。

负责与法国船级社BV代表及中国船舶检验局的业务联系。

领导集装箱产品强度试验台操作安排，试验数据验收，并交箱主代表和船级社审核。

负责生产过程的质量检查和控制，以及日常的产品验收管理。

箱主代表进厂验收期间,负责全程陪检。

7. 供销股

承担国外进口材料(包括工具、设备和备件)的海关申报以及相关的质检、商检、卫检申报、到港提运工作;负责进口、出口的海关核销和征税业务。

办理集装箱的外销、外运报关手续。

领导分厂材料室日常工作,负责材料管理、配套和分发。

负责国产主要材料和辅助材料的购买、运输。

负责集装箱边角余料和包装废品的回收利用、销售调济和日常管理。

8. 总务股

负责箱主代表、外商、外宾的接待。

负责分厂职工饭堂管理、交通船管理和调度、职工福利管理。

负责行政、总务管理,文件报刊的接收和发放。

经过实施一系列的优化措施,广船集装箱分厂面貌一新,产能得到显著提升,对业务和管理的安排适应了发展的需要,为提高1982年的产量目标打下坚实基础。

1982年广船集装箱分厂的计划产量和美国CTI公司的认购数

月份	工作日(个)	认购数(TEU)	厂计划产量(TEU)	平均日产量(TEU)
1	22	850	900	40.9
2	24	900	1000	41.7
3	26	1150	1150	44.2

（续上表）

月份	工作日（个）	认购数（TEU）	厂计划产量（TEU）	平均日产量（TEU）
4	25	1150	1150	46.0
5	26	1200	1350	51.9
6	26	1200	1350	51.9
7	27	1350	1400	51.8
8	27	1350	1400	51.8
9	26	1350	1400	53.8
10	25	1350	1350	54
11	25	1300	1350	54
12	27	1300	1350	50
合计	306	14500	15150	49.5

第三节
合同修改　红帆出海

一、修改合同

总结1981年正式生产的经验和教训可发现，建厂初期合同条款的疏漏或不足，已逐步显露出来，有些条款已造成广船集装箱分厂的严重损失，有些条款的基础已经改变，必须与合作方商谈，给予修改或补充。

合同修改主要涉及以下几个方面：

一是原合同的生产能力是年产10000TEU，经过优化设计和生产线改造之后，产能已达年产15000TEU。对于超出的产能，合作方是否包销、价格几何，合作三方需要洽谈并取得一致意见。

二是甲方自主经营，为乙方代购进口材料。

三是加工费应修改。1980年4月26日签订的第82/01号《集装箱来料加工合同79CK-0020C修改书》，应买主美国CTI公司的要求，对原合同第六条加工费及其支付更改为："第一批10000TEU，每个箱加工费由480美元减少30美元，即每个箱加工费为450美元。其余40000个箱的加工费将在此基础上另议"。1982年是第二年,加工费应予增加。

四是以人民币保值方式支付加工费的条款必须废止。原合同第六条规定,加工费美元单价,均按1979年9月15日中国银行人民币兑换美元的买卖平均价折为人民币,在本合同有效期内不变,乙方按此基数以支付之日的人民币兑换美元买卖平均汇率换成美元支付加工费。付款期为装船单证或收货凭证签署之日起计60天付款。

1979年9月15日牌价

100美元	卖价	149.46元人民币
	买价	154.14元人民币
	平均价	151.80元人民币

签约会谈初期,国内金融系统的参会人员,对汇率走向判断失准,认为人民币会不断升值,人民币保值支付不会吃亏。后来,国际美元汇率和利率的走向与原先的预计完全相反,美元一路升值。1979年约定时,美元对人民币汇率是1:1.54,1981年升至1:1.96,升值超过27%。按人民币保值计算加工费美元收入,广船集装箱分厂因此损失惨重。

五是为提升产能增购部分设备和备件。

为修改合约,双方进行了通宵洽谈。

1982年3月,广船集装箱分厂任福炜、钟玉权、徐润序三人,与西域投资(香港)有限公司董事长林良成先生、总经理周自强先生,在北京市北京饭店,就合同条款修改一事,举行了通宵洽谈,最后双方取得一致意见,签订了第82/01号《集装箱来料加工合同79CK-0020C修改书》。

▲ 第82/01号《集装箱来料加工合同79CK-0020C修改书》局部

合同主要内容有：

（一）生产计划和数量

（1）双方同意在原合同规定每年生产10000个20英尺集装箱的基础上，可增加5000个，具体数量和生产计划，双方另行商定。40英尺集装箱的样箱试验合格后，亦将另行商议生产数量和生产计划。40英尺集装箱生产的数量应折算为20英尺并包括在全年20英尺生产计划之内。

（2）双方同意于1982年7月31日之前商定下一年的生产数量和价格。

（二）加工费

（1）双方同意1982年内为美国CTI公司生产14500个20英尺集装箱的加工费为每个480美元。若美国CTI公司提出更改结构，经双方协商同意后，可对加工费作适当的调整。

（2）双方同意从1982年1月1日起，取消关于用人民币保值的方法支付加工费的规定。但如买方为美国CTI公司，则有待与美国CTI公司签订购箱协议后落实。

（三）由甲方代购集装箱材料

（1）为有利于生产，确保材料的按时供应，甲方接受乙方之委托，自1982年1日1日起通过中国船舶工业公司代理购买集装箱所需的材料，购买材料的款项，将由乙方直接汇给中国船舶工业总公司。

（2）购买材料的费用，按照乙方订购的集装箱类型及要求，双方协商议定。

（3）甲方对所订购的材料的质量负责。今后生产的集装箱，按照国际市场惯例，工厂承担质量保证期内质量事故的索赔责任。

（四）以补偿贸易方式增补部分设备和备件

根据1981年的生产实践和1982年增加50%产能的需求，乙方同意为甲方购买下列设备、工具和备件，技术责任由甲方负责。

13mm剪床	1台
400吨压床	1台
300吨压床	1台
200吨压床	1台

以上合计300 000美元

厂房透光板100件，抽风机20台	30 000美元
碰焊机1台，拉式把手和电控设备12套，以及焊机备件	50 000美元
喷漆机和除锈机的备件，风动工具及备件	140 000美元
集装箱铲车及备件，冲裁模及机床备件等	80 000美元

以上合计300 000美元

（五）对过去乙方来料的处理

（1）1981年12月31日之前，乙方已订购9333个箱的集装箱材料，三方已核算出详细清单。对于多余或不足的材料的处理，三方将于1982年3月上旬共同协商解决。

（2）1982年第一季和第二季的材料，乙方已委托美国CTI公司订购，其中一部分材料已到厂，三方亦将于1982年3月上旬共同协商，将其转让给甲方。

本修改书为79CK-0020C号合同不可分割的部分。

二、注册商标

广船集装箱分厂所产集装箱是出口产品，按国家有关要

第三章 红帆出海（1981.1—1982.12）

求，出口产品必须有注册商标。为此，广船集装箱分厂申请过两次，第一次申请的"长城牌"商标因与别厂重复，未获通过；第二次申请"红帆牌"商标获准。

1982年4月17日，广船集装箱分厂报告广州市工商行政管理局，正式申请注册"长城牌"商标。

广州市工商行政管理局：

　　我厂所生产的20英尺国际标准ISO-1CC型干货通风型钢质集装箱，在1981年投产后已外销10000个以上，深得外商赞赏。1981年已获得第六机械工业部颁发优质产品奖。

　　为进一步打开国际市场，接受外商的建议，特向你局申请注册商标。请予协助办理。

此致

　　敬礼！

广船集装箱分厂（盖章）
一九八二年四月十七日

▲ 当年商标的申请书

1982年4月22日，广船集装箱分厂填写商标注册申请书报国家工商行政管理总局，申请"长城牌"商标。

▲ 当年的商标注册申请书

  1982年5月4日，广州市工商局发文联系广州市工业产品检验所协助工作，同意广船集装箱分厂在集装箱产品上申请注册"长城牌"商标，要求广州市工业产品检验所出具抽样检验报告。

第三章 红帆出海（1981.1—1982.12）

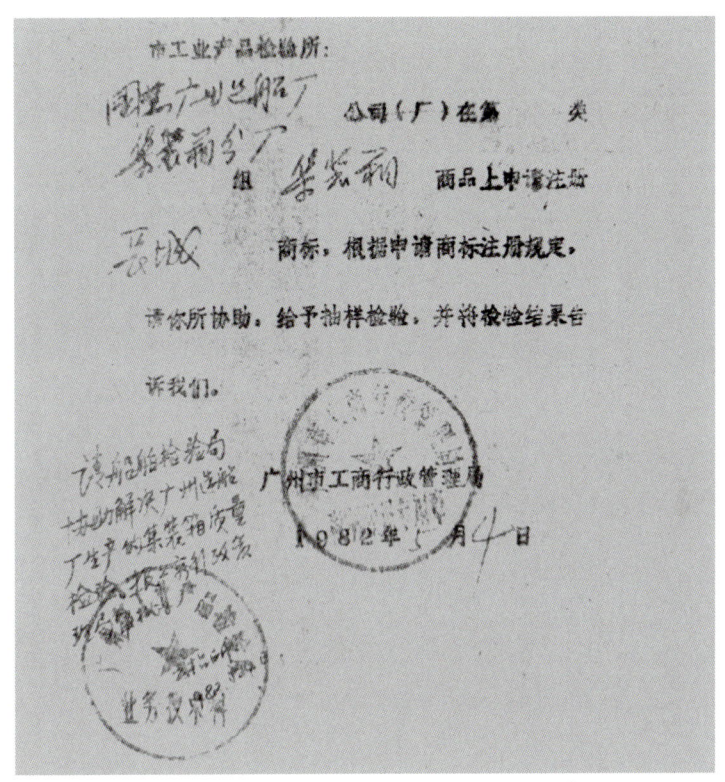

▲ 广州市工商局联系广州市工业产品检验所的文件

广州市工业产品检验所业务技术科，转请广州船舶检验局协助解决广船集装箱分厂生产的集装箱质量检验，并出示证书。

广船集装箱分厂出示了法国船级社BV批准广船集装箱分厂产品合格证书，具体信息如下。

证书编号	CT.RC/01/02/1210
生产厂	Kwangchow Shipyard Container Factory
箱型	SC20-2
尺寸	6058mm×2438mm×2591mm

（续上表）

钢质箱木地板	
皮重	2450kg
容积	32.10立方米
堆码试验	24吨堆码9层
集装箱海关公约TIRNO	USA/026-1B/80
集装箱安全公约CSCNO	P/BV/686/81
批准时间	1981年7月16日

广船集装箱分厂填报广州市使用商标商品质量规格表，列明商品的主要质量指标及实际数据。

广船集装箱分厂填写的《广州市使用商标商品质量规格表》

商品名称	集装箱		使用商标		长城牌	
标准科类	ISO（国际标准）ICC型	附检验证明	检验日期	检验单位	检验证号	原件或抄件
			自8-09-80起	BV TT法国船级社TT检验系统	BV CT 807453/G11	原文影印件
规定主要质量指标			实际达到质量指标			
外型尺寸：20'x 8'x 8½'（+0 / -6 m/m） 6058m/m x 2438m/m x 2591m/m			(+0 / -2至-4 m/m)			
总重量：24000kg			24000kg			
密性试验：kg/cm²水压试验			≥kg/cm²水压试验100%合格			
强度试验：堆码9层箱高			堆码9层箱高			
批量试验：1个/50个			100%合格			
油漆厚度：100μ~115μ			95μ~120μ			
角柱拉力试验：12T/每根			≥12T/每根			
每根角柱额定压力：86.4T			86.4T			
业务主管部门审查意见			备注	附24T级试验合格证书（BV）		
填报企业：广州造船厂集装箱分厂					填报日期：82年4月22日	

中国船舶检验局出示了该局于1980年9月4日出具的检验报告《检验机构的鉴定情况》。

中国船舶检验局出示的检验报告表

质量指标名称	计算单位	技术标准	检验结果	结论
外型尺寸	L×W×H	20'x8'x8.5'	合格	符合国际标准及船级社要求
堆码试验	KG	设计载荷 86000	合格	
吊顶	KG	45555	合格	
吊底	KG	45555	合格	
纵向栓固	KG	48000	合格	
栓缚	KG	48000	合格	
偏置	KG	45555	合格	
前后壁	KG	8622	合格	
侧壁	KG	12933	合格	

检验单位:中国船检局广州分局（代表法国船级社） 　　检验时间：1980年9月14日

1982年3月18日广州船舶检验局并代表法国船检BV出具证明，表示对广船集装箱分厂的质量情况是满意的。

中华人民共和国船舶检验

<u>广州办事处</u>

根据我船检局与法国船级社签订的技术合作协议，我们

在广船集装箱分厂代理法国船级社按照有关国际标准，对该厂生产的集装箱执行日常检验工作，并代表法国船级社签发有关文件。

建厂以来，该厂职工在较短时间内掌握了集装箱的生产技术，生产管理，质量管理，技术水平不断提高，集装箱的质量和数量也提高了。

建厂之初，20英尺20吨（国际标准箱1CC型）的样箱试验一次获得成功。半年之后，该箱在原有基础上又获得了20英尺24吨（载货增加4吨）的样箱试验的认可，广船集装箱分厂取得了生产这种箱的许可。最近该厂又通过了40英尺30吨（国际标准1AA型）钢箱的样箱试验，即将获得生产40英尺钢箱的许可。

直到目前为止，我们检验发证的集装箱已达11000多个，抽查试验了220多个箱（每50个抽查试验一个），除极少数出现意外，都能符合有关质量标准。法国船级社及我局都认为该厂的质量情况是令人满意的。

广州船舶检验局
（盖章）
1983年3月8日

1982年5月28日在深圳举行的三方工作会议上，任福炜厂长向合作对方提出，计划在广船集装箱上贴上"长城牌"图案商标，并征求合作方的意见。

美国CTI公司的意见是：最好使用中性包装图案；如果中国台湾不同意，则会把商标撕掉，或把箱子扣留，每撕去一个就

第三章 红帆出海（1981.1—1982.12）

少一个，商标会逐渐减少；如果预先询问中国台湾有关部门，可能要进行登记，麻烦更多。

广船集装箱分厂的意见是：长城代表我们的国家，中国台湾也可能有长城牌商标；坚持用"长城牌"商标，计划按流程申请办理登记手续。

1982年6月28日中华人民共和国工商行政管理局正式通知，因与长春×造厂商标相重，不批准广船集装箱分厂使用"长城牌"商标。

广船集装箱分厂重新设计"红帆牌"图案，美国CTI公司也同意使用"红帆"商标，但仍认为不应有国家名称相关的文字。

按报批程序，广船集装箱分厂再次申请"红帆"商标，终获中华人民共和国工商总局批准。

▲ 第一次申请的商标图案

▲ 最终获批准的商标图案

第四节
正式大单 合同范本

1982年3月,合作三方同意签订第82/01号《集装箱来料加工合同79CK-0020C修改书》,一些不合理的合同条款得到修改,工厂产能得到了提升。

1982年3月9日,美国CTI公司与西域投资(香港)有限公司签订合同,确认其1982年在广船集装箱分厂的优先购买权和修改后的合同条款。

▲ 美国CTI公司购买合同确认书

> 广州造船厂集装箱分厂
>
> 乙　方：西域投资（香港）有限公司
>
> 双方就79CK-0020C来料加工集装箱合同有效期间，来料加工美国CTI公司之集装箱签订本协议书。
>
> 一、生产计划和数量
>
> 1. 具体每月生产计划和数量见下表A
>
> | 月份 | 工作日 | 生产数量 |
> |---|---|---|
> | 1 | 22 | 850 |
> | 2 | 24 | 900 |
> | 3 | 26 | 1150 |
> | 4 | 25 | 1150 |

▲ 编号为79CK-0020C-001合同（局部）

1982年4月9日，中国机械进出口公司广东省分公司、广州造船厂集装箱分厂为甲方，西域投资（香港）有限公司为乙方，签订了编号为79CK-0020C-001的《来料加工美国CTI集装箱协议书》，确认加工集装箱总数达14500个箱。本协议书，除了甲方代购材料和乙方已购材料的转让等条款之外，其他条款都是美国CTI公司合同的基础条款，可称为美国CTI公司合同范本。美国CTI公司此后的询价及确认的订单，列明集装箱规格、数量、交货时间、交货地点便可，其他要求双方自明。

本协议主要条款如下：

（一）生产计划和数量

（1）每月生产计划和数量安排如下表所示：

广船集装箱分厂1982年每月生产计划和数量安排表

月份	工作日（个）	生产数量（TEU）
1	22	850
2	24	900
3	26	1150
4	25	1150
5	26	1200
6	26	1250
上半年累计	149	6500

月份	工作日（个）	生产数量（TEU）
7	27	1350
8	27	1350
9	26	1350
10	25	1350
11	25	1300
12	27	1300
下半年累计	157	8000
全年总计	306	14500

（2）对7至12月生产计划中的8000个箱，乙方将在1982年4月31日之前，决定是否修改每月生产计划，并同时向甲方确认是否购买全部8000个或其中部分。但如有减少，其购买数量不

得少于6000个,并将7—12月期间的每月生产计划相应修改后,同时送交甲方。

(3)乙方确认甲方到1981年12月31日止,生产了8670个20英尺集装箱,与1980年4月26日双方签订的79CK-0020C合同修改书所提到的10000个相比,余下1330个箱归入1982年生产计划之内,加工费未变。

(4)甲方应在每个季度开始之前35天,电传通知乙方有关这一季度内之生产数量和计划,以及每天估计产量。乙方在收到电传之后30天内联系美国CTI公司,并将美国CTI公司认购的数量和交货进度通知工厂。甲方承认乙方给予美国CTI公司以购买上表的超产部分的优先权,但在上述时间内通知工厂才有效。至于工厂对当月已确认的生产计划,如实际上还有超产的部分,美国CTI公司也有购买的优先权。在美国CTI公司不认购超产部分的情况下,甲方仍然同意优先生产美国CTI公司的集装箱。对于美国CTI公司不认购的超产部分,甲方可卖给第三者;也可作下一个月生产的一部分交给美国CTI公司。

(二)加工费

(1)在1982年内由美国CTI公司购买的20英尺集装箱,双方确认其加工费为480美元,对于超出14500个箱的数量,仍由美国CTI公司购买的加工费不变。

(2)对于对经双方同意的集装箱结构和标准进行修改的话,经双方协商同意,480美元/箱的加工费可作适当调整。

(3)双方同意,从1982年1月1日起,取消关于用人民币保值支付加工费的方式,但对1982年1日1日起至1982年3月9日

乙方与美国CTI公司签订修改合同之日止，在此期间交付给美国CTI公司的2015个箱须减少46美元加工费，即第8671~10685个箱的加工费是434美元，从第10686个箱开始，加工费为480美元。以上加工费的变更，不包括CTIU160000~CTIU168669号箱。

（三）由甲方代购材料

（四）集装箱技术资料

（1）美国CTI公司1982年认购集装箱的技术条件，制造集装箱的图纸须经法国船级社BV认可；

（2）经美国CTI公司确认，1982年认购的集装箱全部使用原木地板（Plank Flooring）和塑料通风器。

（3）如果甲方修改附件B的图纸，须在实施前30天之内得到美国CTI公司的书面认可。在开始生产时必须提供已被批准的修改设计，施工图纸4份。修改图纸包括把改变材料所涉及的箱号提供给美国CTI公司并反映在附件B上，必要时还须提供下列资料：制造厂型号、美国CTI公司系列号范围以及凡有变化了的美国海关批准号和集装箱安全公约编号（CSC）、木地板处理化学物质、美国海关批准证明的副本、集装箱型号满足CSC要求的书面认可证明的副本、集装箱铭牌资料的图纸或照片。

（4）如果对图纸的修改是美国CTI公司做出的，乙方同意促使美国CTI公司向甲方提供第四条第3款所述修改后的资料和图纸。

（五）接收及交货

（1）在正常工作日内，乙方应促使美国CTI公司的检查员在厂内尽最大努力检验集装箱，对检验合格的集装箱以附表C的表格发给甲方以表示表格上所列的集装箱已符合本协议的技术条件和要求完整无损地验收了。只有验收了的集装箱才能交付出厂。

（2）乙方按美国CTI公司认购计划和数量的书面或电传，每月分两次提前10天通知甲方有关这些集装箱运送到黄埔堆场或中国香港或工厂，交货的具体数量和时间。当这些集装箱完整地运送到指定地点时，并得到美国CTI公司签发的交货收据，即认为这些集装箱已交货。

（3）甲方对厂内交货及黄埔堆场交货负责，乙方则对中国香港交货负责。如在装卸作业及运输途中集装箱有损坏的话，甲乙双方按负责的范围承担一切费用，并在45天之内安排修复至美国CTI公司可以接收为止。如在交货期间发现集装箱有其他问题致使美国CTI公司不接收的话，甲乙双方各自安排修复至美国CTI公司可以接收为止，如问题属工厂施工质量问题，则修复所引起的一切费用由甲方负责。

（4）每月末，甲方须将当月生产交货情况及下月生产计划通知乙方，并由乙方转告美国CTI公司的技术服务部门。

（5）本协议书所载的月度生产计划进度和交货时间是协议书的基本条件。甲方在收到上述第五条第2段所指的通知后，必须做出安排，使甲乙双方能分别按上述第五条第3段所指的方法，在30天内把美国CTI公司认购的集装箱交货到美国CTI公

司指定地点。如甲方不能按期做出适当的安排引致逾期交货，乙方有权拒绝购逾期的集装箱，但也可以接收作为下个月应购买的集装箱数量的一部分，即在下个月的购买总数作相应的减少。如有上述逾期交货的情况，甲方将以电传把逾期交货的准确数字通知乙方报告美国CTI公司。若美国CTI公司在接到乙方通知之后5个工作日内没有回答，即可认为美国CTI公司已拒绝接收这些集装箱，这时甲方有权将此相应数量的集装箱出售给其他买主，或将下月生产数量减少相应数量，并将逾期的集装箱包括在下个月的交货数量交货给乙方。

基于上述条件，当工厂出现减产时，美国CTI公司可以根据减产的原因，研究购买当月减产而跟着在下个月补产的集装箱，但美国CTI公司不一定购买当月减产而在下个月之后才补产的集装箱。

（六）乙方已购及已订购材料的转让

（七）加工费及材料费的付款

（1）乙方同意向甲方在中国银行广州分行的账户开出有效期从本协议签署日期开始至1983年1月31日止，每月数额为480×850=408000美元不可撤销的备用信用证（STAND-ByL/C）；与此同时，乙方向中国银行北京总行中船账户开出有效期相同，数额为1642.5×850=1396125美元的不可撤销备用信用证。

（2）加工费及材料费的支付，每月按交货箱数分三期集中同时分期电汇付款。

（3）在每月分三期的最后一天，乙方在收到美国CTI公司的收货单据和验收凭证之日起10个工作日之内，将这一期可向美国CTI公司收款的箱数、从甲方码头装运的批次及日期计划、应支付加工费和材料费的款数、乙方最迟付款日期，都以电传通知中机广东省分公司和广船集装箱分厂。翌日，甲方中机广东省分公司即按此电传所列本期收款箱数开出收取加工费的发票，并通过中国银行广州分行转达乙方，甲方广船集装箱分厂亦同时按此电传所列本期收款箱数，开出收取材料费的发票，其日期必须与加工费发票相同。发票邮寄乙方及中国船舶工业总公司。乙方应在发票开出日起12个工作日之内，以电汇方式将加工费及材料费分别付给甲方在中国银行广州分行的账户及中船总在中国银行北京总行的账户内（加工费偿付建厂投资额，双方另有安排）。乙方在电汇之前不迟于当天以电传通知甲方。

当乙方将收款文件交递至美国CTI公司总部发生困难而不得不再缓后6天时，乙方应将情况通知甲方，甲方愿意谅解此情况而将开发票的日期相应推迟6天。

（4）如乙方超过如七（3）款中所述的付款期未付款时，甲方将凭本期发票及说明逾期未收到款的证书，连同七（3）款中所述的乙方电传，分别向中国银行的乙方开出的备用信用证中收取加工费及材料费，并以电传告知乙方。乙方将立即把信用证的款额增加至七（1）款中所列的原有数额。

（八）产品质量检验和试验

（1）甲方同意美国CTI公司的检查员或美国CTI公司雇用的检查代理人，在正常生产时间内进入工厂目击生产、质量控制过程和集装箱的试验。乙方及美国CTI公司的检查员及其所雇用的检查代理人在广州的食宿车费自理。甲方愿提供这些人员在工厂工作的方便条件（甲方原已同意对美国CTI公司技术人员在广州的住宿费负责至1982年6月底），当上述检查人员确定某些集装箱不符合技术条件所列标准时，则由这些检查员进行额外试验及复检所发生的费用以及校正返工集装箱的费用由甲方负责，除非双方另有商定。

（2）从第14434个箱开始，申请法国BV船级社检验认可的费用从甲方材料费中支付。具体付款手续由甲方与法国BV中国香港办事处联系办理，乙方及美国CTI公司给予协助。

（3）对每月生产的集装箱以50个为一组，抽取一个箱按美国CTI公司和法国BV的检验标准进行批量试验，试验合格后将证书及填好的文件送交美国CTI公司。

（4）当改变设计和改变使用的原材料制造任何新的样箱时，如取得集装箱新的型号证明书，需制造样箱和强度试验，由甲方负责。除非双方另有商定。全部试验需由美国CTI公司代表或顾问和美国CTI公司选定的认可代理人在场目击。在样箱上发现的任何缺陷应予校正，以后制造的集装箱应重新试验以证实经校正后样箱的全面试验合格。

（5）甲方生产交付给美国CTI公司的集装箱，保证符合并满足下列有关当局的规定，并取得证书。这些规定包括：

国际标准化协会的规定（ISO）、美国国家标准协会的规定、国际铁路协会的规定（UIC）、1972年集装箱海关公约（TIR）、集装箱安全公约（CSC）、澳大利亚联邦卫生和运输部门对木地板进行化学处理的规定、法国商业海运的规定、美国CTI公司的技术条件和试验大纲、法国船级社TT检验系统的规定（简称BV-TT）。

（6）美国CTI公司有权在洽谈年度认购计划时，选定任何国际检验当局，甲方将尽力安排所选的国际检验当局代表到厂检验并出具合格证书。

（九）产品质量保证期

（1）甲方保证集装箱在交付给美国CTI公司之后，对于产品结构的保证期为1年，油漆及标志铭牌保证期为3年。如美国CTI公司在保证期内发现有施工缺陷、材料质量引起的缺陷属保证期缺陷。甲方在接到美国CTI公司的书面索赔通知之日起15天内，将会同乙方采取下述任何一个步骤进行处理，并电告美国CTI公司：

①甲乙双方共同协商雇承包人，直接安排修理，修理费用由甲方承担，并将安排通知美国CTI公司。

②如甲方对美国CTI公司所认为的保证期索赔有忌议，即通知美国CTI公司，而此种争议在该通知之后10天内得不到解决时，应在此后5个工作日内请求由BV、ABS、劳氏或甲乙双方和美国CTI公司共同同意的其他公证行对集装箱进行直接检验。请求检验的文件副本送交美国CTI公司中国香港分公司。由以上三方同意的检验单位所作的鉴定对三方均有约束力。如判断为保证期缺陷时，甲方承担检验费和修理费。如判断不是保证期缺陷时，美国CTI公司将承担检验费。

③如甲方在要求的时间内不采取上述（1）和（2）的行动时，美国CTI公司可以从第三者修理承包商处取得修理估价单，

并修复有缺陷的集装箱。美国CTI公司在收到估价单后，在合理期限内将估价单提交给乙方，由乙方转交给甲方。甲方在收到估价单和发票之后的30天内支付全部费用。估价单和发票所包括的范围除直接修理费用外，还包括第三检查员的检验和复验费、运往修理场的费用。如果美国CTI公司还要求的话，还要包括运往发现缺陷地点的费用。

（2）美国CTI公司有权把集装箱的保证期的索赔要求转让给集装箱的任何使用者，但甲方国家规定不能接受的某些国家和地区的集装箱使用者除外。

（3）如保证期缺陷为材料质量造成，而这些集装箱所用的材料系美国CTI公司购买并转让给甲方者，甲方不负责任。

（十）其他

（1）甲方了解到，在乙方同美国CTI公司修改合同之后，美国CTI公司在协议中仍表示同意"在修改协议施行期间，将尽一切努力按协议提出的标准和要求，在生产中提供技术帮助"。

（2）双方同意尽快商定并提交美国CTI公司40英尺集装箱的报价及月生产能力。如果美国CTI公司选择购买40英尺集装箱，则每个40英尺集装箱将以等于1.6个20英尺集装箱折算扣除1982年的认购数量。

（3）双方同意在1982年7月31日之前，商讨美国CTI公司1983年内认购集装箱的数量和价格。

```
                    EXHIBIT "D"
           20' STEEL CONTAINER COSTINGS BASED ON
             ESTIMATED FIRST QUARTER 82'
                      AND SECOND

 1.  Steel                              1,911.97 Kgs.         769.93
 1a. Steel Ventilators                       4                 12.00
 2.  Corner Castings                         8                 95.00
 3.  Flooring                              1 set              229.00
 4.  Door Hinges                             8                 31.50
 5.  Locking Bar Mechanisms                  4                 77.82
 5a. Locking Bar Fasteners/Washers         48/8                 4.45
 6.  Paint: Primer                         19 Lts
            Top Coat Red                   33 Lts
            Top Coat Ivory                  8 Lts
            Gasket Clear                   .2 Lts
            Thinners                       14 Lts             201.49
 7.  Markings: Decals                      1 set               17.00
               Data Plates                   8                 10.00
               S/S Data Plate Fasteners     22                  1.54
 8.  Door Gaskets                          40 ft               19.50
 8a. Door Gasket Fasteners                  82                  1.64
 9.  Floor Screws                          312                  9.36
10.  Roof Bow Fasteners                     44                  1.72
11.  Hardware: Door Hold Backs               2                   .34
               Door Hold Back Fasteners      4                   .28
               Footman's Loop                2                   .03
               Ventilator Fasteners         32                  2.24
12.  Caulking/Adhesive: Sealant           .7 gallon             6.55
                       Roof Bow Tape      166 ft.               9.13
                       Seven Putty        1.25 Kgs              9.00
                       Sand                 4 Kgs                .12
13.  Deleted
14.  Certification                                             10.00

NOTES:
 1) Welding Wire         1.2MM      15.0 Kgs            18.80
                          .9MM      10.0 Kgs            12.33
                                                        31.13
                         Less Civet Contribution........-15.00
                         Cost to CTI ...................16.13

 2) Abrasive Grit   G25B (11 Kgs)  G40B (10 Kgs) ........14.17

 3) Cleaning Solvent      1 Lt.                           1.06
                                                      _____
                                                       $1551.00
```

PURCHASE ORDER NO.   EXHIBIT "B"

CTI INTERNATIONAL, INC.

Number of Units   Serial Numbers

                                          CTIU
                                          *Buyer will supply
                                          manufacturer with
                                          a listing of check
                                          digits for each unit
                                          number in the series.

A) DESCRIPTION: 20' x 8' x 81/2' VENTILATED DRY CARGO CONTAINER
                  Model Number SC20-2

B) DRAWINGS:

   Assembly Drawing Numbers:

        S15068 Rev. D   General Assembly
        C5003 Rev. D   Marking
        S15121 —   T.I.R.
        C5001 Rev. C   Open Box
        B5003 Rev. F   Underframe Assembly
        F5004 Rev. C   Front Wall Assembly
        R5012 Rev. A   Rear Wall Assembly
        S5003 Rev. J   Side Wall Assembly
        T5001 Rev. C   Roof Panel Assembly
        C5002 Rev. B   Shell Assembly

   (Such drawings shall be deemed to incorporate herein by reference
   any and all sub-assembly drawings whose drawing numbers are set
   forth in the above drawings.)

C) MATERIALS:

   Material List dated 11 September 1981

NOTE: The above general assembly drawing numbers incorporate the use of a plastic ventilator (drawing # 5009 Rev. A) and plank flooring (drawing # B5004 Rev. A). CTI has the option to require containers to be manufactured with laminated flooring as per drawing # B5006 Rev. C or with plywood flooring as per drawing # B5005. Any price adjustment resulting from the use of laminated or plywood flooring will be negotiated.

-22-

EXHIBIT E
Page 1

REPORTING REQUIREMENTS

CTI's equipment control system requires up-to-the-minute information concerning deliveries of new equipment in order that manufacturer's invoices are processed properly, and in accordance with contractual payment periods. The following information is required on a monthly basis in order to complete our information requirements.

I. **DAILY REPORTING** to CTI District Office under whose jurisdiction you come of the dispatch of equipment from your manufacturing facilities:

   CTI's District Office is to be advised in writing of the serial numbers of all equipment dispatched from your facilities. This notification should be be made each day that equipment is released.

II. **MONTHLY REPORTING** to CTI Headquarters, White Plains, of the state of production of CTI equipment with copy to CTI District Office.

   During any period when you have an open (unfilled) Purchase Order with CTI, in addition to the above, and regardless of whether any equipment was dispatched during the reporting period, please provide the following information on the last day of each month (a sample report form is attached).

   A. Manufacturer
   B. Date of Report
   C. Equipment Type
   D. Purchase Order Number
   E. Total Quantity

1. Quantity delivered to date.

2. Quantity produced & accepted by CTI during month.

3. Quantity completed and awaiting inspection by CTI representatives.

4. Quantity delivered to CTI during month.

5. Quantity inspected, accepted by CTI representative and awaiting delivery instructions from CTI District Office.

6. Expected production for next month.

Send these monthly reports on the last working day of each month to attention of:
TECHNICAL SERVICES DEPARTMENT
CTI-CONTAINER TRANSPORT INTERNATIONAL, INC.
445 Hamilton Avenue
White Plains, NY 10601

```
EXHIBIT E
Page 2
                     STATUS OF PRODUCTION
             FOR MONTH OF _____

A.  Manufacturer _____
B.  Date of Report _____
C.  Equipment Type _____
D.  Purchase Order No. _____
E.  Total Quantity Ordered _____
F.  (a) Australian Wood Treating Marking _____
    (b) Customs Approval Information:
        Certificate No. _____
        Type Code _____

1.  Quantity Delivered to Date _____
2.  Quantity produced and accepted by CTI during
    month _____
3.  Quantity completed and awaiting inspection _____
    _____
4.  Quantity delivered to CTI during month _____
5.  Quantity inspected, accepted and awaiting delivery
    instructions from CTI as of last day of month___
    _____
6.  Difference between contract production schedule and
    actual production (items 2 & 3) _____
7.  Expected production for next month _____

Please prepare this report on the last day of each month and
send it to the attention of:

                TECHNICAL SERVICES DEPARTMENT
            CTI-CONTAINER TRANSPORT INTERNATIONAL, INC.
                    445 Hamilton Avenue
                   White Plains, NY  10601
```

▲ 以上为《集装箱来料加工合同79CK-0020C-001》的附件

第四章 4

市场急变

（1982.1—1983.5）

第四章 市场急变（1982.1—1983.5）

第一节
供销一统 关税全免

广船集装箱分厂是美国CTI公司、西域投资（香港）有限公司与广船/中机三方合作项目。1979年2月26日签订《集装箱来料加工合同》，合约是西域投资（香港）有限公司供料给广船集装箱分厂加工集装箱，实际上西域投资（香港）有限公司是中间商，材料是西域投资（香港）有限公司出钱，美国CTI公司雇请英国人艾希先生购买，交广船集装箱分厂生产集装箱。一句话，美国CTI公司代西域投资（香港）有限公司买材料，广船集装箱分厂负责加工集装箱。

一段时间之后，广船集装箱分厂的工人对艾希先生的工作越来越了解，双方经常因为钢材边角料的利用率和其他材料的报废率争论得面红耳赤，对编制材料进口计划（交货期）也时有不同见解。1981年5—7月，广船集装箱分厂还因材料供应不上而被迫停产75天。

材料必须由工厂自己进口，越早实现自主经营越好，这是全厂上下的共识。然而，这事关系贸易合同条款，必须得到合作三方的同意和支持，还必须报告六机部领导机关的批准。

经协商，广船集装箱分厂代西域投资（香港）有限公司进

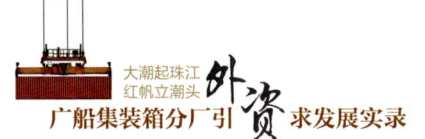

口材料的想法，得到西域投资（香港）有限公司董事长林良成的赞同，也得到美国CTI公司董事会的同意。

1981年11月2日，广州造船厂厂长严明以专题的形式向六机部报告，大致内容如下：

集装箱分厂正式生产后，取得了骄人的成绩，但也碰到过来料供应不及时影响生产的情况。广船集装箱分厂计划以自购材料加工取代来料加工。

报告分析了外商购料存在的问题，自购材料的必要性和经济效益，希望从1982年第二季度开始，由广船集装箱分厂自己进口材料，以每箱1650美元（包括利息）的价格由中国船舶工业总公司名下承包。报告还请求中国船舶工业总公司以4.2%的利息给与优惠贷款，垫付450万美元外汇，占用时间约30天。另外，请求六机部提前办理好海关全免税手续。

严明厂长的报告，于1981年11月8日得到六机部领导的批准，财务局、物资局领导也及时批示同意。

第四章 市场急变（1982.1—1983.5）

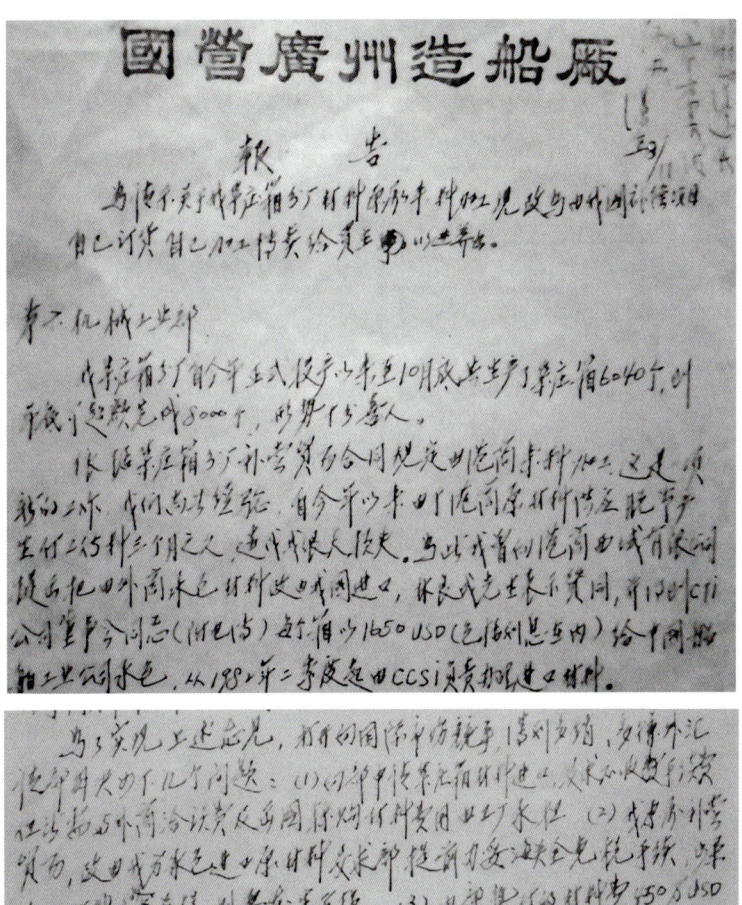

▲ 严明厂长关于自购材料加工的报告

广船集装箱分厂引外资求发展实录

1982年1月13日，六机部以（82）六机物字40号文《关于进口加工集装箱用原材料免征关税、工商税的报告》，就广船集装箱分厂的经营情况，向国家进出口委汇报了工厂与外商的协商结果，从1982年起，将外商来料改为外商委托工厂通过中国船舶工业公司和中国五金矿产进出口总公司代购，并请求对必须进口的原材料，按外商来料加工性质处理，予以免征关税和工商税。

▲ 六机部（82）六机物字40号文首尾部分

第四章　市场急变（1982.1—1983.5）

　　1982年2月5日，国家进出口委以（82）进出加字第7号文《我代购集装箱来料加工原材料仍免税利》，复函六机部，表示同意改由中国船舶工业公司和中国五金矿产进出口总公司代外商购买生产集装箱所需原材料；对文件中列出的必须进口的原材料，同意仍按来料加工规定办理，予以免税利等。

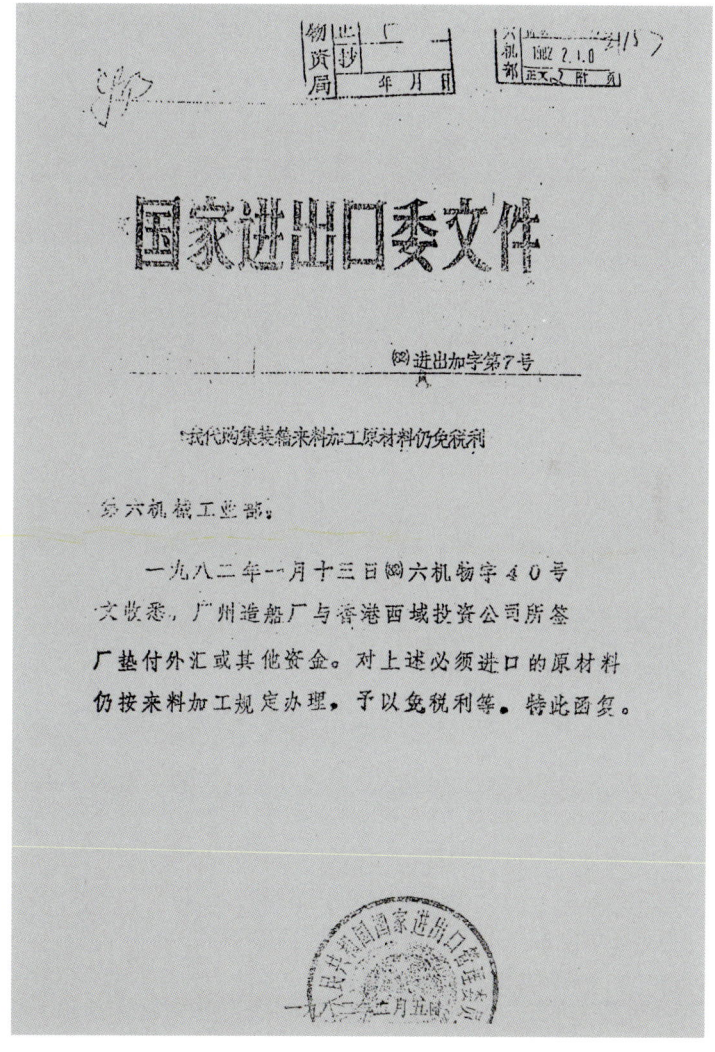

▲ 进出口委（82）进出加字第7号文首尾部分

115

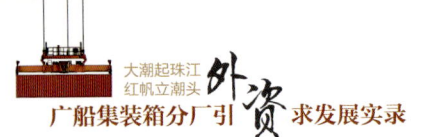

海关总署发给广州海关（82）第87号文，同意代购加工集装箱用原材料，仍按来料加工规定办理，予以免征关税和工商税。

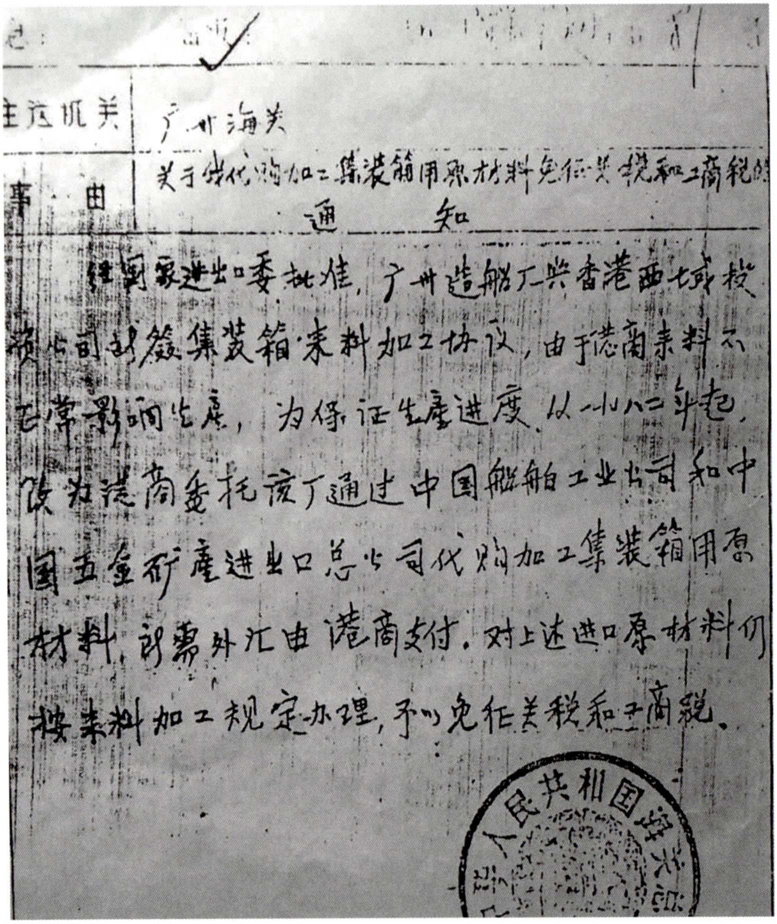

主送机关：广州海关

事由：关于代购加工集装箱用原材料免征关税和工商税的通知

经国家进出口委批准，广州造船厂与香港西七成投资公司签订集装箱来料加工协议，由于港商来料不正常影响生产，为保证生产进度，从一九八二年起，改为港商委托该厂通过中国船舶工业公司和中国五金矿产进出口总公司代购加工集装箱用原材料，所需外汇由港商支付。对上述进口原材料仍按来料加工规定办理，予以免征关税和工商税。

人民共和国

▲ 海关文件照片

美国CTI公司20英尺集装箱材料清单表

序号	材料	序号	材料
（1）	镀锌薄板	（12）	角铸件
（2）	普通卷板1.6~4.5mm	（13）	门锁装置（铰链）
（3）	高强度钢板3.5~9mm	（14）	油灰填料
（4）	方型钢管	（15）	门胶条
（5）	普通圆钢	（16）	顶梁胶带
（6）	焊丝	（17）	密封胶
（7）	油漆及稀释剂和固化剂	（18）	除锈用钢砂
（8）	索钉（母）螺钉	（19）	通风器
（9）	不绣钢拉铆钉	（20）	门绳及扣
（10）	木地板	（21）	门透明漆
（11）	标志、铭牌	（22）	门胶条密封胶

以上是美国CTI公司1981年集装箱材料清单，平淡无奇。但在20世纪80年代，完全找不到合适的国产材料代替，必须全部进口。事实证明，用这些规格的材料制造集装箱，可以达到ISO国际技术标准，能满足国际船级社的技术规范，达到集装箱的强度试验要求。

集装箱材料采购的基本技术要求包括，明确箱主的技术条件。购料前，材料供应商名单必须经箱主审核批准；所用的材料和主要部件，如角铸件、门锁系统的生产商，要得到发证的船级社（如法国BV）的认可和批准；所用材料和主要部件，均列入集装箱的产品质量保证期，结构一年，油漆和标志名牌3年；生产过程中，主要材料的供应商变更时，除了须经箱主同意之外，还必须按技术标准生产样箱做强度试验，合格后船级

社才颁发证书。

材料订购的基本内容及常识包括：资金使用计划；如果是材料进口计划，则包括材料或部件名称、订购数量、交货期、供应商名单、材料的技术条件、规格型号、付款方式等；询价，包括交货条件、目标价、风险评估。此外，还要熟悉技术谈判、商务谈判以及合同条款。最后，还要会处理催货、运输、报关、收货、验收、索赔、纠纷处理等事务。

1981年12月，广州造船厂报告六机部财务局，要求批准以优惠利率贷款250万美元外汇，为广船集装箱分厂订购生产1310个集装箱的材料。

广船集装箱分厂报告六机部物资局，附订货清单一式五页，31个项目，包括材料或部件名称、生产厂家、技术条件、进口数量、交货时间等，请六机部物资局分别向日本、美国、英国等国的供应商询价。六机部物资局收到资料后，计划从三井、三菱或丸红三家公司中选择一家公司负责供应全套集装箱材料。可此时，日本公司碰到了难题。日本厂家生产的产品经日本公司供应销售，问题不大，但美国、英国、新加坡等国的厂商就有疑问了。广船集装箱分厂1981年所需要的生产材料是由美国CTI公司供应的，1982年怎么转向日本公司询价订货呢？而且是向三家日本公司同时询价。因为美国CTI公司是全球最大的租箱公司，材料供应商都怕得罪，所以迟迟不敢报价，都想进一步了解事件的实情。

1982年1月20日，春节前四天，广船集装箱分厂接到六机部物资局通知，广船集装箱分厂可以自行向目标供应商询价。于是，广船集装箱分厂的领导层抓紧时间在1982年春节前，发出除钢材之外的全部材料和部件的询价电传。

1982年2月初，广船集装箱分厂收到了7项材料和部件的报价，并随即应召赴京，同物资局领导与日本商社来人进行会谈。在会谈中，日本三菱商社报价不全，而三井商社和丸红商社，每套集装箱材料报价高达1957美元。三井商社声称，不许拆开分项订货。广船集装箱分厂领导层将三井商社和丸红商社的报价与在广州收到的报价分项相对比发现，全部项目的报价，都是在广州收到的报价最低。考虑了各种相关因素之后，会谈最后确定：

向日本三井商社订购钢材、油漆、紧固件、密封胶等。

向日本丸红商社订购钢材、名牌、钢丸等。

广船集装箱分厂在广州订购16项材料和部件中的9项，六机部物资局委托广州造船厂签合同。

这是第一批1310个集装箱材料的订货情况，因为完全没有合适的国产材料替代，必须全部进口。

经过这次会谈的安排之后，每套集装箱材料的到厂价，比美国CTI公司原供料价，降低了49.16美元（包括报废率千分之六，但未计利息）。广船集装箱分厂从这批材料订货中取得经验之后，了解到，美国CTI公司1981年为获得较好的材料质量和较好的价格，已经做了货比三家的选用过程，轮流供应，形成了价格和质量的竞争态势。广船集装箱分厂顺势而为，保证了质量，降低了费用。

这次开局取得了经验，也有一定的经济效益。1982年3月，广州造船厂、中国机械进出口公司广东省分公司与西域投资（香港）有限公司签订了第82/01号《集装箱来料加工合同

79CK-0020C修改书》，增加了由甲方代购材料的条款，明确甲方接受乙方委托，自1982年1月1日起通过中国船舶工业总公司购买集装箱所需材料，料款将由乙方直接汇给中国船舶工业总公司。甲方将对订购材料的质量负责。

1982年4月9日，双方又签订了编号为79CK-0020C-001的《来料加工美国CTI集装箱协议书》。广船集装箱分厂计划于1982年为美国CTI公司加工14500个箱，材料全部由甲方代购。主要条款如下：

（1）为有利于生产，确保材料的及时供应，甲方接受乙方的委托，从1982年1月1日起，通过中国船舶工业公司代购集装箱生产所需的材料。全部材料包括焊丝和取得BV船级社合格证以及材料费的银行利息，每个箱为1642.5美元。对于卷板头尾的消耗，油漆的实际耗量以及工厂生产中各种原因造成的报废损失等，都包含在以上费用中。

（2）乙方同意在甲方代购材料中协助将材料从香港转运至广州，但实际发生的费用包括在1642.5美元之中，由乙方每半个月分类结算开列发票送交甲方。甲方应在接到发票后15天内电汇付款给乙方。

（3）以上材料费用是按附表B所规定的结构型式和材料为依据，如经双方同意对结构型式和材料有所修改时，可对费用作相应的调整。

（4）乙方同意促使美国CTI公司提供认可的原材料的可能供应商（1个以上）的名单给甲方参考。原材料供应商的改变或原材料质量的变化，必须至少在这些材料使用之前30天通知美国CTI公司并得到美国CTI公司认可。

（5）甲方所购买的原材料必须试验合格并符合美国CTI公司所适用的国际标准。如果甲方选择的材料供应商不是供应过材料的供应商，而是美国CTI公司提供已认可的其他供应商，那么所供应的原材料，使用之前亦须通知美国CTI公司，如这些原材料是否有相同的质量还未证实时，甲方同意应美国CTI公司的要求，在使用之前进行强度试验。

从此，广船集装箱分厂从国际市场购进材料和部件，产品销往国际市场，把供应和销售有机地统一在一起。这是个好的开头，广船集装箱分厂取得了经验，取得了一定的经济效益。

然而，广船集装箱分厂进口材料的银行外汇账户在北京，开信用证和材料付款须在北京办理，而制定购料计划、技术谈判、签约、验货、索赔等工作都在广州进行。两地相隔遥远，那时的通讯联系相当不便，在外贸的工作中，常常造成不必要的误会，有时还耽误了交货的时间，增加了生产和经营的困难。

广船集装箱分厂代西域投资（香港）有限公司购买集装箱材料的消息传开之后，中国香港、台湾以及世界各地驻中国香港的供应商都相继来厂推销生产集装箱的材料和部件。

是向日本商社订购，还是向中国香港中间商订购？日本商社有强大的国际贸易网络，商品种类繁多，服务系统通畅，运作规范，效率高，多数日本商社都有驻中国分支机构。日本厂家一般不直接进行国际贸易，而是通过三井、三菱、丸红或住友等一类的大商社开展国际贸易活动，手续费4%～6%，但中国广东五矿公司向日本订购钢材有优惠价。

进口非日本产的集装箱材料或部件，就不一定要找日本

贸易商社了，选择中国香港中间商或生产厂驻港办公室可能更佳。香港到广船集装箱分厂路程不远，交通便利，一般都是商家到厂推销，联系和商谈方便，若货损、货缺或质量达不到标准，接到通知后，他们会迅速来穗处理。向香港中间商订料，一般安排CIF工厂内交货，广州海关内港办事处就在近旁，验货方便，可防止受骗上当，安全有保障，价格费用相对较低。而且，广船集装箱分厂的合作伙伴西域投资（香港）有限公司也经营香港船运业务，材料在香港经陆路、水路转运都安全可靠，快捷方便。

广船集装箱分厂代西域投资（香港）有限公司购买集装箱材料，经过一段时间的运作实践之后，每个箱的材料费从1642.5美元下降到1500美元，减少了142.5美元，下降了8.7%，效益相当明显。而且，广船集装箱分厂取得了国际贸易实践经验，锻炼了工厂的经营人才队伍。

第四章 市场急变（1982.1—1983.5）

第二节
还债安排　材料转让

建厂投资从第一笔购买设备用款开始计算利息，正式投产后，工厂有了稳定的加工费收入。此时，双方制订了还款计划，签订了还债合同。

一、偿还建厂投资的计划安排

广船集装箱分厂补偿贸易初期的浮动利率，最高达23%。为摆脱险境，1981年3月工厂借内债返外债，至年底总共欠国内外贷款932万美元，其中欠西域投资（香港）有限公司310万美元，欠中国银行广州分行572万美元，欠中国人民银行广州分行140万元人民币（相当于50万美元）。所以，广船集装箱分厂以加工费支付贷款的计划，要随还款进度作适当调整。

为此，甲方中国机械进出口公司广东省分公司、广船集装箱分厂与乙方西域投资（香港）有限公司，在1981年还款的基础上，于1982年1月签订了《79CK-0020C合同附件十一》，双方就有关偿还建厂投资及利息的相关事项签订补充协议。补充协议主要内容包括：

（1）甲方已于1981年3月25日和1981年10月25日各一次性

偿还整数300万美元，总共600万美元。同时从1981年3月25日起按月以收取的加工费的60%作为偿还款。甲方将于1982年1月25日一次偿还整数200万美元。

（2）甲方在1982年从1月1日起生产的集装箱，以所收取的加工费中30%作偿还款，70%汇回甲方，由中国银行广州分行代收。

（3）每月工缴费是由各次交货分别收取而集中的，在未到每月还款日期之前，由中国银行（香港）代为储存在乙方名下账户，并计算利息，至每月25日，此储存的本息数满5万美元作偿还款，每次偿还款不少于10万美元；不足5万美元的余数可偿还港元透资户口。

《合同附件十一》执行半年之后，广船集装箱分厂欠香港的债款越来越少，加工费应该汇回来的占比应当提高。经协商，双方同意对偿还计划作进一步调整，签订新补充协议《79CK-0020C合同附件十二》。

新补充协议主要内容包括：

（1）从1982年7月25日起，甲方按月以收取加工费的7%作偿还建厂投资的本息，加工费的93%汇回甲方，由中国银行广州分行代收。

（2）甲方加工费是按月分批收取的，在未到每月还款日期之前，由中国银行（香港）代为储存在乙方名下账户，并计算利息。至每月25日，以此储存的本息作为偿还款。

（3）每次偿还款额以3万美元为基数，多于3万美元以万元整数增加偿还额；不足1万美元的余数可偿还港元透资户口。

1982年广船集装箱分厂产能大幅提升，产量增加，加工费

第四章 市场急变（1982.1—1983.5）

收入自然就水涨船高。至1982年底，还债安排如下表：

还款时间	还外债	还内债
1981年3月25日	300万美元	
1981年3—12月每月	加工费×60%	
1981年10月25日	300万美元	
1982年1月25日	200万美元	
1982年1—6月每月	加工费×30%	加工费×70%
1982年7—12月每月	加工费×7%	加工费×93%

至1982年底共还本款380万美元，付息90万美元，仍欠607.6万美元。

1982年12月，双方根据实际偿还的进展情况，同意从1983年1月起对偿还计划作进一步调整，并签订《79CK-0020C合同附件十三》补充协定。补充协定主要内容包括：

（1）从1983年1日25日开始，甲方按月以所收取加工费的3%作偿还建厂投资的本息，加工费的97%汇回甲方，由中国银行广州分行代收。

（2）甲方加工费是按月分批收取的，在未到每月还款日期之前，由中国银行（香港）代为储存在乙方名下账户，并计算利息。至每月25日，以此储存的本息作为偿还款。

（3）每次偿还款以1万美元整为基数，多于1万美元以5000美元整数增加偿还额；不足5000美元的余数，可偿还港元透资户口。

由于市场急变,1982年的合同订单生产量减少1000个箱,推迟到1983年第一季度生产。1983年1月至7月没有增加任何新订单。所以,合同附件十三并没有真正执行。

二、材料转让

合作三方都在努力争取实现本公司利益的最大化。随着生产经营活动的深入,各方利益矛盾也就越来越明显。广船集装箱分厂从1982年1月1日起,通过中国船舶工业公司代购集装箱生产所需的材料,材料款由西域投资(香港)有限公司直接汇给中国船舶工业公司。

然而,直至1982年5月28日,三方还因为每个20英尺集装箱15美元、5100个20英尺集装箱合计76500美元的焊丝费争议,彼此互不相让。广船集装箱分厂已交付美国CTI公司5000个集装箱,但一直没有收到任何加工费,所以也一直未付材料费给美国CTI公司,双方往来账款总数已达2000万美元,每拖延一天,广船集装箱分厂便损失2384美元。

为了尽快解决这个互欠的"三角债",1982年5月28日,三方在深圳举行了一天的会谈,取得了以下共识。

(1)至1981年底,美国CTI公司已购到厂的材料合计9333套,生产8670个箱。广船集装箱分厂已通过中国船舶工业公司接受余下的663套材料的转让,以及美国CTI公司购买的1982年第一、第二季度5100套所有原材料的转让。

(2)广船集装箱分厂通过中国船舶工业公司同美国CTI公司签订购买663套已到厂材料合同,每套材料1559美元(钢材以CIF的形式运到广州,其他材料以CIF的形式运到香港)。在美国CTI公司递交发票给广船集装箱分厂之后10个工作日之内，中国船舶工业公司将1559×663=1033617美元电汇给中国银行（香港）的西域投资（香港）有限公司的账户内。

对于除钢材之外的原材料，广船集装箱分厂委托西域投资（香港）有限公司从香港包运至广州，每套包运价30美元。广船集装箱分厂收到西域投资（香港）有限公司开出的发票之后10个工作日内，中国船舶工业公司电汇30×663=19890美元到中国银行（香港）的西域投资（香港）有限公司的账户内。

（3）广船集装箱分厂通过中国船舶工业公司同美国CTI公司签订购买第一季度已到厂的2550套材料的合同，每套1551美元（钢材以CIF的形式运到广州，其他材料以CIF的形式运到香港）。在收到美国CTI公司递交的发票及证明文件之后10个工作日内，中国船舶工业公司将1551×2550=3955050美元电汇至美国纽约曼哈顿银行的美国CTI公司的账号内。与此同时，有关包运钢材之外原材料从香港运抵广州的发票，西域投资（香港）有限公司交给广船集装箱分厂后10交易日内，中国船舶工业公司将30×2550=76500美元汇至中国银行中国香港分行西域投资（香港）有限公司的账户内。

（4）广船集装箱分厂通过中国船舶工业公司同美国CTI公司签订购买第二季度到厂或未到厂的2550套材料合同，每套1551美元（钢材以CIF的形式运到广州，其他材料以CIF的形式运到香港）。中国船舶工业公司将通过中国银行北京总行开出受益人为美国CTI公司，总额为1551×2550=3955050美元的不可撤销信用证。信用证条款由美国CTI公司以电传提出具体要求。广船集装箱分厂委托西域投资（香港）有限公司对除钢材之外

原材料，从香港包运至广州，每套30美元。待原材料到齐工厂之后，由西域投资（香港）有限公司开出发票给工厂之后10个工作日之内，中国船舶工业公司把30×2550=76500美元电汇至中国银行（香港）之西域投资（香港）有限公司的账户内。

（5）由西域投资（香港）有限公司1981年购买的9333套材料中大部分已用于生产中，已于1981年12月三方人员共同进行了盘存清点。由于来料数量的差异，40英尺样箱制造，20英尺24吨样箱制造，焊工考核用料，卷板尾消耗，卷板公差造成的欠料，加上因来料、图纸修改、机械故障、施工错误造成的废返损失等，按来货发票的价格折算多余的和欠缺的材料，结果共欠138047.00美元。经双方友好协商，这些欠料的原因甚多，时间太长，难以分清责任。本着友好合作的态度，三方同意对于所欠缺的全部材料，由广船集装箱分厂承担三分之一，即46015美元，西域投资（香港）有限公司和美国CTI公司各承担46016美元。由广船集装箱分厂负责补购。对西域投资（香港）有限公司和美国CTI公司承担的款额，广船集装箱分厂委托西域投资（香港）有限公司代收，不必电汇给广船集装箱分厂，届时工厂将通知西域投资（香港）有限公司为购买材料付款或开信用证。

（6）对于西域投资（香港）有限公司来料的9333套材料，及5100套已到厂或未到厂的材料，虽已转让给广船集装箱分厂，但西域投资（香港）有限公司仍然承担着对9333套材料非因广船集装箱分厂责任的破损和5100套来料短缺或破损的索赔责任。广船集装箱分厂对已尽最大努力索赔但实际上可能遇到困难的西域投资（香港）有限公司表示谅解。

第四章　市场急变（1982.1—1983.5）

美国CTI公司坚持，如果这个互欠债务拖下去，到1982年8月31日还不解决的话，美国CTI公司将诉之于法律。

广船集装箱分厂为了减少三方互欠的损失，以及今后的友好合作，同意支付5100个箱的每箱15美元的焊丝费，共76500美元。从1982年5月31日起，10天内广船集装箱分厂支付了转让费，双方财务往来很快恢复了正常。

第三节
超额计奖　增产增收

在正式投产初期，广船集装箱分厂消化吸收了引进的技术之后，质量是其首先要达到的目标，而产量是实现经济收益的关键。在投产后的大半年时间里，广船集装箱分厂每天的产量都在20个箱左右徘徊，一直无法达到设计纲领中日产33个箱的要求，加工费的收入刚够支付建厂投资的利息和成本。在这种情况下，经领导批准，广船集装箱分厂实行计件奖励方案。

考虑到集装箱生产中，工人的技术水平和管理能力十分重要，奖励方案提出，在保留职工原工资等级的前提下，如达到设计纲领产量，每做一个箱，每人每天奖励0.048元。当月产量即达843个，平均日产32.4个箱。

为了进一步提高经济效益，又提出，在原计件奖的基础上，凡超过设计纲领的，每超一个箱，发奖金0.183元，多做多得。结果，产量又稳步上升，平均日产达到40个箱，突破设计纲领33个，仅用了四个月的时间，就完成了全年任务的49%，保证了1981年计划的完成。

1982年集装箱分厂的产能大幅提升，计划产量由上一年的10000个提高到15000个，提高了50%。广船集装箱分厂对工资奖励方案的思路也作了相应的调整,既要保护职工的劳动积极性,又要避免工资水平提高得过急过快,防止工资成本过快增长,所以在提高纲领产量的同时,适当地降低了计件奖的单价。理由是:生产线经过了适当改造,工人的技术水平已有所提高,环境有所改善,生产线的产能已经增大。为此,广船集装箱分厂制订了1982年的工资奖励实施方案。

年份	纲领产量（TEU）	纲领产量奖金（元/TEU）	超纲领奖金（元/TEU）	年产量（TEU）
1981	833	0.048	0.183	8120
1982	918	0.0436	0.09	13000

（注：计划年产量为15000TEU,实际产量为13000TEU）

从上表可知,1982年的实际产量比1981年的实际产量提高60%,即超设计纲领30%,纲领产量内的奖金总额基本不变,但超产越多,工人的奖金收入越高。在经济效益上,加工费收益大幅上升,偿还建厂投资的进度将大大加快。

广州造船厂将分厂1982年超额计奖方案报告给中国船舶工业总公司。1982年7月10日,广州船舶工业公司以穗船人发〔1982〕第045号文《关于下达广船集装箱分厂一九八二年计件工资计划的通知》,批准广船集装箱分厂的工资奖励方案。

广州船舶工业公司

穗船人发〔1982〕第 045 号

关于下达四三三厂集装箱分厂一九八二部
计件工资计划的通知

四三三厂：

根据中国船舶工业总公司人事部82中船人字54号文《关于四三三厂集装箱分厂一九八二年超额计件工资问题的批复》内精神，经研究决定，下达你厂集装箱分厂一九八二年计件工资如下：

一、年产集装箱一万五千个。

▲ 广州船舶工业公司穗船人发〔1982〕第045号文

要点如下：

（1）年产集装箱15000个。

（2）年平均职工人数控制在817人以内（包括固定职工、临时工、外来务工人员合同工）。

（3）年计件基本工资和超额工资总额为147.06万元，平均每个箱产量的计件基本工资与超额工资为98.04元。

文件指出，由于集装箱产品全部是同外商进行补偿贸易生产的，为此，工厂必须群策群力，千方百计，保证完成年计划产量15000个集装箱，并力争超额完成。如不能按计划完成，则根据少完成集装箱的数量和平均每个箱计件基本工资和超额工资额的和,扣减当年的计件工资计划数。

然而,超额计件工资制有明显的局限性,只适合特定条件。

改革开放初期,吃"大锅饭"的平均分配思想比较普遍,而集装箱制造厂又是劳动密集型企业,流水线的快速运转惯性,推动着每个生产工人都在辛勤劳动。要把产量提上去,不仅要求工人有极大的劳动热情,而且也要尽可能地给予他们合理的劳动报酬。

1982年4月,外商赠送两部打卡机。广船集装箱分厂管理层将打卡机放在门岗进口旁边,安排职工上下班打卡,准确记录职工在厂工作的具体时间。劳动管理股结合完成的工作量,评定职工当月的劳动收入。

1982年,广船集装箱分厂每人每月平均标准工资为53.91元,按厂里的超额计件奖方案,以完成年计划计算,平均每人每月奖金62元,职工平均每人每月收入为115.91元。在当年的收入水平下,这个方案有一定的激励作用。

但是,集装箱产品订单多,有"额"可超,是这个计件奖的基础;如果集装箱订单不足,就要再制订新的分配方案。

当年的工资等级是全国统一的制度安排,难以全面反映各行各业的实际情况和差别。广船集装箱分厂虽然是最早利用外资的企业,但其分配制度还是受到很多约束,而且集装箱制造业是最新引进的制造业,国内还没有可参照的榜样。

广船集装箱分厂当时的超额奖励分配方案,虽然把集装箱产量抓上去了,但方案本身还存在很多不合理的方面。一是每个职工的基本工资不变,旱涝保收,改变的只是超额计件那

部分收入,多劳多得。劳动密集型流水线作业,是重复的体力劳动,但不少工位需要一定的技术基础。一些工人基本工资不高,经过培训后,实际操作能力得到很大提高,岗位贡献大,按分配方案体现不出其能力和贡献。二是职工的文化程度、职称、实际职务与所得报酬不相称。广船集装箱分厂使用的是进口设备,生产出口产品,文化程度和外语水平在工作中有一定的作用,但这些因素没有体现。三是超额计件奖以生产计划压力调动了生产第一线工人的积极性,但非一线工人和生产一线的生产管理人员只拿综合奖,甚至骨干管理人员加班加点,有时通宵达旦,却不计报酬,这也是不合理的现象。

工资制度的不合理还体现在工位计件的"平均分配"上。超额计件方案是以生产线为单位计算奖金的,也就是说,同一条生产线,各个工位的奖金计算参数都是一样的。这就难以区别不同的劳动条件和产品质量(基本工资可能有差异)。

为了调动职工的生产积极性,同时也为了体现出公平合理的原则,广船集装箱分厂每年都要根据订单和任务情况,适时地修改分配方案,以促进生产任务的完成。

当年来料加工,有一个参数值得参考:工资总额与加工费之比。1981年和1982年每箱加工费:1981年每个箱的加工费,平均390美元,折合人民币1092元。1982年每个箱的加工费,平均472美元,折合人民币1321.6元。

1981年、1982年工资总额与加工费比较表

年份	生产箱数	职工人数	加工费收入（万元）	工资总额（万元）	平均每箱人工费（元）	工资总额占加工费之比
1981	8120	817	886.7	107.4	132	12.11%
1982	13000	860	1718.0	127.8	98	7.44%

从上表可知，当年工资总额占加工费的比重相当低，多数加工费都用于偿还建厂的投资，其中利息是沉重负担。

第四节
市场急变　陷入低谷

1982年5月开始，三方合作的困难越来越大。广船集装箱分厂修改了协议，提高了生产能力，签到了大合同，可谓"顺风顺水"，希望西域投资（香港）有限公司、美国CTI公司把工厂1982年下半年的多余产能都包下来，并尽快落实美国CTI公司1983年的认购数量和认购价格。广船集装箱分厂的计划产量越来越大，美国CTI公司却强调市场不好，希望工厂把产量压下来，每月的产量减少至800个集装箱，即年产10000TEU，但又坚持拥有优先购买权，不希望工厂的生产能力被其他外国公司占用。因此，三方分歧很大。

一、1982年认购计划的修改

1982年5月28日合作三方在深圳举行专题会议。会上，美国CTI公司管理层抱怨市场不景气，在中国香港和黄埔积压了4000多个集装箱，5月份都快过去了，市场仍没有起色，要求广船集装箱分厂考虑把每月产量减至800个集装箱，即保持原设计纲领不变。

广船集装箱分厂的意见是：同意1982年6月份减产850个集

装箱，即上半年减产850个集装箱；三季度4050个集装箱计划产量不能变；四季度原计划产量3950个集装箱，可考虑减至2400个集装箱，即减产1550个集装箱。这些意见立足于可找到新买主。

美国CTI公司的意见是：美国CTI公司拥有优先购买权，如出售给其他外国公司，价格和优惠条件不能优于美国CTI公司，但出售给中国公司不在此列；美国CTI公司建议把1982年减产的订单，推迟到在1983年的认购计划内交货。

考虑到三方的长期合作，广船集装箱分厂选择减产而不出售给其他买主。实际上，在当时的条件下，广船集装箱分厂也无法找到新买家，但下半年部分材料已订货，所以不同意把1982年的产量推迟到1983年交货。美国CTI公司理解广船集装箱分厂生产的计划性，表示研究后再正式回复。

最后三方同意，1982年下半年的生产计划，下次会议再进行商谈。

按1982年4月9日编号为79CK-0020C-001的《来料加工美国CTI集装箱协议书》第十条第3点，合作三方将于1982年7月31日之前，开会商讨1983年集装箱认购数量和价格。为简便签证手续，会议于1982年7月21日在深圳举行。会议内容包括：1982年下半年集装箱市场状况；1983年美国CTI公司认购数量和认购价格。

在商讨生产计划之前，美国CTI公司迫不及待地介绍当时的世界贸易状况以及美国CTI公司的处境，希望广船集装箱分厂能够对美国CTI公司随后提出的减产或停产的建议给予理解和配合。

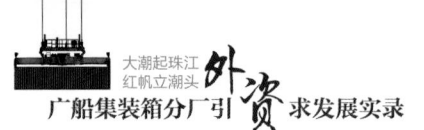

据CTI公司介绍，1982年年中的经济萧条是完全意想不到的。1960年、1974年和1975年的萧条，只是某个地区不行，还有部分地区兴旺。这次是全球性的，无一地区幸免。萧条地区遍及美国、欧洲、苏联、远东和非洲。阿根廷与英国的战争只是短期的，停战后可能会有所帮助，但以色列与黎巴嫩的战争，只会拖延经济的好转。而世界经济形势影响世界航运的兴衰，也直接影响船舶制造和集装箱生产。

另外，由于原油价格的低落，阿拉伯、墨西哥、尼日利亚等国家的经济受创，都要节制开支。美国的市场受到的影响比较直接，远东和美国又是相辅相成的。美国有近百万人失业，他们都会决定暂时不买"非必需品"，或者迟些买。每个国家都感到出口贸易的困难。美国、远东、欧洲的市场上大量出现"大减价、大甩卖、大出血"的宣传，商家希望通过促销，让资金得到回流。

由于市场持续恶劣，租箱公司租不出箱子，集装箱堆存在堆场，使成本加大，而为了租出箱子，又要降低出租价格。成本向上涨，租金却向下跌，租箱公司经营愈发困难。

1982年中，全世界共有100万TEU集装箱停放着。

（1）纽约市10万TEU集装箱停放着（其中有美国CTI公司2万TEU集装箱）。

（2）英国等欧洲国家的集装箱堆积如山。

（3）日本6万TEU集装箱停放着。

（4）韩国3万TEU集装箱停放着。

（5）澳大利亚市场本来就不好，1982年更坏了。

（6）中国香港，箱子放在堆场和维修场，已存3万TEU集装箱，无法再安排下去了。已发出正式信件，如本周内没有下半年的具体运营计划，将会采取新的行动。

在这样的经济形势下，集装箱生产厂是最直接的受害者，许多工厂已经关闭了。有些厂为了生存，采取了各种各样的措施。比如日本有名的集装箱厂或关厂，或停生产线，只求保留生产骨干力量；中国台湾东急合营公司减员300人。还有一些厂家大降价或延长付款期，只要有订单，付款期可以延长到1年。如付款期需延长至7~8年，年利率可低至8%（国际市场一般为16%）。

美国CTI公司的经营状况也一样坏，集装箱租不出去，"市场开始好转"的时间一再推迟，从4月拖至7月都没有结果。美国CTI公司在中国香港已有8000个集装箱滞留在堆场，还要以每个集装箱高过市场价500美元的价格购买广船集装箱分厂的集装箱，至年底又有1800个箱需要运往中国台湾，每个箱要高出市场价800美元。箱子租不出去，成本又高，这种情况不能再继续下去了。

从实际情况看，1983年上半年，美国CTI公司一个箱都不需要。果然，关于1983年的认购数，美国CTI公司表示，1983年上半年的需求量是零，需求复苏预计至少要到1983年第四季度。

西域投资（香港）有限公司和广船集装箱分厂强烈要求美国CTI公司在1982年8月15日前，以电传方式告知1983年每月的认购数，并在一季度确认购买1982年减产共2050个集装箱中的1250个，以便广船集装箱分厂和西域投资（香港）有限公司及时采取措施。西域投资（香港）有限公司和广船集装箱分厂还请美国CTI公司考虑批量购买40英尺规格的集装箱。

美国CTI公司表示将在1982年8月15日前电复。

继1982年5月28日三方在深圳对1982年美国CTI公司的认购计划进行讨论之后,美国CTI公司在会议上再次提出,1982年第三、四季度要减少认购3000个集装箱,加上1982年上半年减少认购的1132个集装箱,1982年共减少认购4132个集装箱。

广船集装箱分厂表示,1982年计划产量15000个箱,已上报上级批准,并已增加人力物力,做好了生产的准备。广船集装箱分厂已经充分考虑了美国CTI公司目前的处境,也考虑了自身的困难,认为在中国的国情条件下,计划具有严肃性,不容轻易修改。

美国CTI公司再次表示,关于广船集装箱分厂的计划严肃性问题,如有必要,可由美国CTI公司直接向广船集装箱分厂的最高上级当面说明情况,但广船集装箱分厂婉拒了。经过长时间的讨论,三方协商确定,1982年的认购箱数为12750个。即上半年减产1132个,第四季度减产918个,全产减产2050个。

美国CTI公司最后表示,希望广船集装箱分厂月底前来电再次确认四季度减产箱数时,可以考虑再多减些;另外,广船集装箱分厂有条件的话,可以销售给国内买家。

1982年广船集装箱分厂按月生产、验收、交货统计表(TEU)

月份	实际生产数	CTI验收数	运香港	运黄埔	当年共运出	工厂堆存
1	944	939	0	581	581	358
2	1053	1050	670	504	1174	199
3	924	960	768	153	921	238

（续上表）

月份	实际生产数	CTI验收数	运香港	运黄埔	当年共运出	工厂堆存
4	1022	1022	833	272	1105	155
5	1281	1287	908	352	1260	182
6	444	416	100	280	380	218
7	1365	1361	1214	181	1395	184
8	1184	1147	952	280	1232	99
9	1352	1372	696	470	1166	305
10	1200	932	288	848	1136	101
11	1284	1300	208	827	1035	366
12	972	1249	0	884	884	731
合计	13025	13000	6637	5632	12269	731

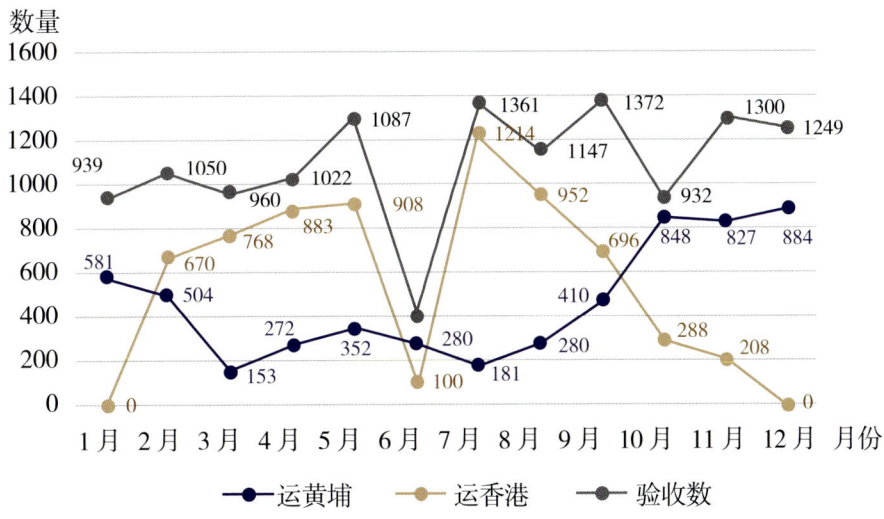

▲ 1982年广船集装箱分厂按月验收、交货统计图（TEU）

二、广船集装箱分厂和西域投资（香港）有限公司商议紧急措施

双方都对集装箱国际市场的情况和美国CTI公司的困境感到意外，同时都认为必须采取有力的应对措施。当时考虑的两个应对措施是：第一，尽快一周内出图纸，向国内买家推销集装箱；第二，生产非箱产品。

1983年年初开始，广船集装箱分厂从来料加工的顶峰迅速滑入谷底，进入艰难的自救时期。

第五章 5

走出低谷

（1983.5—1987.12）

第五章　走出低谷（1983.5—1987.12）

第一节
山重水复　共克时艰

　　1983年，广船集装箱分厂已经建厂4年，正式投产后生产了20000多个20英尺集装箱，经营环境发生了很大的变化。深圳特区已开始大规模建设，珠江两岸，发展迅速。1982年5月14日，广州船舶工业公司成立，广州造船厂步入新的发展时期。

　　1983年5月，广船集装箱分厂厂长任福炜升任广州造船厂副厂长。广船集装箱分厂新一届领导班子上任。

分 厂 长：钟玉权
副 厂 长：何　祥
　　　　　徐润序
　　　　　陈德辉
总支书记：刘全理

　　然而，新班子一上任，就面临严峻的生产经营局面。1983年第一季度，广船集装箱分厂只生产了1000个集装箱，还是上一年延期生产交货的订单。1983年4—7月，一连四个月都没有新的订单。1983年第一批订单也是这一年的最后一批订单——

4000个20英尺集装箱，是1983年8—12月生产的。

1984年美国CTI公司认购的订单只有400个40英尺集装箱。

1985年，美国CTI公司的订单记录是零。

按照1979年2月26日签订的三方合作合同，广船集装箱分厂正式投产后，西域投资（香港）有限公司应每年包销10000TEU，5年包销50000TEU，而美国CTI公司每年有优先权购买10000TEU，5年50000TEU。

但是，1981—1985年，美国CTI公司的实际购买量是：

1981年	8700TEU（包括80年试产产量）
1982年	13000TEU
1983年	4620TEU
1984年	965TEU
1985年	0TEU
5年合计	27285TEU

从上表可知，美国CTI公司从正式投产至合同期结束，全部认购数仅为27285TEU，只占优先购买权的54.57%。

广船集装箱分厂的困境，在国际集装箱市场上，在国内相关部门，如上级单位和银行，引起不同程度的反应。广船集装箱分厂内的领导和职工更有切身感受，提出了不少问题，比如，三方合作合同为什么执行不下去？美国CTI公司为什么放弃广船集装箱的优先购买权？补偿贸易来料加工合同是广船集装箱分厂与西域投资（香港）有限公司签订的，西域投资（香港）有限公司要负什么责任？今后是否需要继续合作下去？广船集装箱分厂的前途在哪里？继续生产集装箱还是转产其他产品？广船集装箱分厂新班子如何带领职工走出低谷？

其实，美国CTI公司、西域投资（香港）有限公司、广船集装箱分厂三方合作合同有两个：

一个是美国CTI公司与西域投资（香港）有限公司合作的合同，西域投资（香港）有限公司是中间商，美国CTI公司只负责技术服务，不花钱建厂，只承诺优先购买广船生产的集装箱。

另一个是广船集装箱分厂与西域投资（香港）有限公司的补偿贸易来料加工合同，西域投资（香港）有限公司既是投资商，又是产品包销商。

美国CTI公司的优先购买权，并不等于产品的包销承诺。

一、为什么美国CTI公司放弃"优先购买权"？

何谓优先购买权？

1983年8月签订的79CK-0020C-002号协议书的合同条款，比较详细地解释了优先购买权的含义。该协议由中国机械进出口公司广东省分公司、广船集装箱分厂与西域投资（香港）有限公司签订。美国CTI公司向广船集装箱分厂订购4000个20英尺箱，于1983年8—12月生产。美国CTI公司没有认购广船集装箱分厂全部产能，但是对于工厂的剩余产能美国CTI公司仍有优先购买权。

美国CTI公司已确认在下半年购买4000个20英尺箱，若美国CTI公司要再增加购买箱数，可在交货月份开始之前60天，以书面形式正式提出。对于可能增加的数量以及其加工费和材料

费,将由双方另行商定。

除美国CTI公司已确认购买的数量之外,甲、乙双方均可出售给其他买主,但在出售给其他买主之前,应将准备出售的集装箱的技术条件、价格、数量、交货计划和出售条件通知美国CTI公司。乙方应促请美国CTI公司对上述消息保密,否则甲方将立即停止履行透露以上消息的责任。美国CTI公司应于收到上述消息之后的10个工作日内,决定是否按上述条件购买,如美国CTI公司表示不再购买上述条件的集装箱,即表示已放弃该批箱的优先购买权。

一句话,广船集装箱分厂出售相同的技术条件、价格、数量、交货计划和出售条件的集装箱,美国CTI公司有优先选择权。

美国CTI公司拥有的这个首次优先权不适用于销售给中国国内机构的集装箱,如中国远洋运输公司的集装箱。

上述条款是美国CTI公司对广船集装箱分厂产品优先购买权的详细说明。

美国CTI公司是当年全球最大的租箱公司,又是三方合作伙伴之一,合同明确规定其优先购买权对广船集装箱分厂有好处。但是,当美国CTI公司不买或少买集装箱时,广船集装箱分厂向其他外国公司推销时也会碰到一些麻烦,需要多做解释工作,消除误解。

经综合分析,市场冲击是美国CTI公司放弃执行三方合作合同的重要原因。

首先是在中国的扩展计划受挫。据悉,美国CTI公司曾认为,在中国南部、东部和北部,沿海建三间产能各为10000TEU

的集装箱厂。据此，美国CTI公司可在中国租箱市场占据有利位置，保持该公司在全球租箱公司中的龙头地位。

然而，事与愿违，自1979年筹备新建广船集装箱分厂之后，美国CTI公司在天津的新厂计划未获批准。1979年9月19日六机部来电，据国家计委来料加工办公室电话通知，像广船东部工地那样的项目，即安排港商来料加工集装箱生产线项目，国家计委今后不再批准。

广船集装箱分厂刚投产一年，第二年的产能就达到15000个箱，超过原来设想的50%，大大超出美国CTI公司在中国南方租赁市场的需求。

其次，美国CTI公司拥有的箱型结构不合理。

20世纪80年代，亚洲四小龙经济快速发展，大量生活用品、纺织品等出口到美洲和欧洲，租用40英尺集装箱居多，经济上比较合算，而美国CTI公司拥有的20英尺集装箱占总数的四分之三，占比偏高，与其他租赁公司比较，美国CTI公司的集装箱出租率低于同行，陷入困境。

再次，美国经济开始向高端产品和金融方向发展，从美国出口的普通商品偏少，大量空置的集装箱停留在美国各地，租箱公司必须花重金从美国各地运空箱到远东太平洋地区。此时，美国CTI公司的市场需求和财务状况都不容许再花重金购买广船集装箱分厂的20英尺新箱。

除以上因素外，大环境也发生了变化。改革开放初期，广州造船厂是珠江岸边少有的具有工业技术基础的大厂，但是，随后几年，深圳、珠海特区迅速崛起，珠江三角洲经济蓬勃发展。广州已成香港和深圳的大后方。在珠三角最需要新箱的地

方,不是在广州而是香港及其周边地区。

1982年,广东有两间集装箱新厂相继建成,恶性价格竞争在业界产生影响。美国CTI公司的竞争对手可以得到更便宜的报价和更优越的交货条件,甚至挖美国CTI公司生意的墙脚。

美国CTI公司看好中国各港口的租箱市场,而中国远洋运输公司才是买箱和用箱的主体。本来,拉近买方美国CTI公司和用方中国远洋运输公司的关系,对工厂有很多好处,但建厂初期,有这种市场意识的员工不多。

据悉,在1980年广船集装箱分厂试产阶段,中国远洋运输公司派人专程从北京到广州,计划参观广船集装箱分厂的新生产线。按理,引领美国CTI公司驻厂代表会见中国远洋运输公司客人是广船集装箱分厂的责任,也是应有的礼貌。但是,广船集装箱分厂管理人员却拒绝中国远洋运输公司客人进厂,并说,广船集装箱分厂的集装箱已优先卖给美国CTI公司了。结果可想而知,中国远洋运输公司不仅对广船集装箱分厂有意见,此后与美国CTI公司的关系也不好。

1984年,广船集装箱分厂和西域投资(香港)有限公司向中国远洋运输公司推销集装箱时,中国远洋运输公司购箱代表对往事仍耿耿于怀。广船集装箱分厂的代表费了九牛二虎之力向中国远洋运输公司解释、赔礼、道歉,才重新取得了中国远洋运输公司的谅解和支持。此后若干年内,中国远洋运输公司都是广船集装箱的大买家。

综合上述几个方面的因素,美国CTI公司从自身利益出发,放弃了当初的承诺,中途放弃在广船集装箱分厂5年5万TEU的购箱优先权,实属市场行为。其结果是,西域投资(香港)有限公司无法履行其对广船集装箱分厂的包销合同。

在广船集装箱分厂的要求下，西域投资（香港）有限公司同意承担停产期间建厂投资的国外贷款利息，但总金额有限。

二、同舟共济全厂职工共克时艰

正式投产后步入第三年，美国CTI公司停止购买集装箱，工厂生产经营陷入低谷。

1983年	生产线停产6个月
1984年	停产8个月
1985年	停产4个月
合计	停产超过18个月

而且，即使有订单，广船集装箱分厂的生产线也达不到满负荷生产。据统计，1983—1985年底，广船集装箱分厂总共生产国际标准集装箱25512TEU，只占生产能力的34.47%。

如何带领职工走出困境，确实是广船集装箱分厂领导班子的大难题。广船集装箱分厂不但要解决职工的生活，还要还清剩余的600万美元（折算）的建厂借款。

当时，不少人对集装箱生产和集装箱化运输的前景不乐观，或者失去了信心，甚至认为当初引进集装箱生产线是错误的决策。有些领导建议广船集装箱分厂转产其他产品，如厨房用具。

在困难面前，广船集装箱分厂领导班子在广州造船厂领

导的支持下,变压力为动力,充分发挥职工的积极性,面向市场,灵活应对,克服了一个又一个困难。当时广船集装箱分厂采取的主要措施有:一是组织广船集装箱分厂原有的一部分造船装配工、电焊工、起重工等,在无集装箱订单时,承包广州造船厂的船体分段的中、小合拢工作。二是承接街道、市场等地点的钢结构工程设计、施工,如市场的风雨棚。广船集装箱分厂还造过沙发、推销过打禾机。三是设计和推销非国际标准集装箱,这些买主多数是香港和广东省内的运输公司。当年国内公路、桥梁还不适合国际海运重型集装箱行驶,缺乏起重机械,但集装箱运输的安全、可靠、快捷已深入人心。所以,运输公司开始订造比较小型的,适合当年使用的集装箱。广船集装箱分厂在推广国际标准箱的同时,也为客户"量体裁衣",设计和制造合适型号的非国际标准集装箱,以此渡过困难时期。当时"量体裁衣"设计生产的非国际标准集装箱包括为广州海运局建造的2吨非国际标准干货集装箱,为香港氧气公司建造的8英尺干货集装箱,此外,还有为其他不同客户建造的5英尺和10英尺非国际标准集装箱、汽车货卡车改建货箱、垃圾装

▲ 2吨非国际标准干货集装箱,为广州海运局建造

▲ 8英尺干货集装箱,为香港氧气公司建造

第五章 走出低谷（1983.5—1987.12）

▲ 南极科考站中山站集装箱住室

▲ 广州市政工程露天集装箱办公室

▲ 为香港设计的垃圾装运特种箱

运特种箱。除了非国际标准集装箱之外，广船集装箱分厂还设计和建造了一批集装箱办公室，比如南极科考站中山站集装箱住室、广州市政工程露天集装箱办公室。

五是开拓市场，充实自己，寻求生机。广船集装箱分厂设计美国CTI公司40英尺集装箱图纸，经法国船级社BV批准后，对生产样箱做强度试验，质量合格，等待销售。按中国远洋运输公司、外国船公司和租箱公司的技术条件，设计图纸，获船级社批准，做好市场推销基础工作。同时印制广船集装箱分厂产品说明书和产品目录。

广船集装箱分厂引外资求发展实录

▲ 广船集装箱分厂产品说明书

那几年，经过职工的艰苦努力，广船集装箱分厂面向客户、面向国际市场，积极推销国际标准集装箱，求得生机，取得可喜成绩，不仅职工有工资和奖金收入，年终还有盈利。

    1983年利润   207.10万元

    1984年利润   136.72万元

    1985年利润   299.74万元

当然，在集装箱订单不足时，广船集装箱分厂也重新制订了工资和奖金分配方案。

1983年6月6日广州船舶工业公司下发穗船人发〔1983〕第145号文《关于核定下达企业单位一九八三年奖金额和计件超额工资的通知》，核定广州造船厂1983年奖金额和计件超额工资。明确集装箱分厂计划职工611人，鉴于集装箱产品全部是补偿贸易，经总公司同意，作为特殊问题处理；1983年计划年产8000TEU以内，计件超额率控制在50%以内；如年产超出8000个TEU，计件超额工资水平另议。

83.6 13 广收文第546号

广州船舶工业公司

穗船人发〔1983〕第145 号

关于核定下达企业单位一九八三年奖金额和计件超额工资的通知

各企业单位：

根据中国船舶工业总公司中船总〔1983〕人字666号通知精神，现将你单位一九八三年奖金额和计件超额工资核定如附表。

各企业一九八三年的奖励工作，请按总公司《关于核定企业单位一九八三年奖金额的通知》要求贯彻执行。

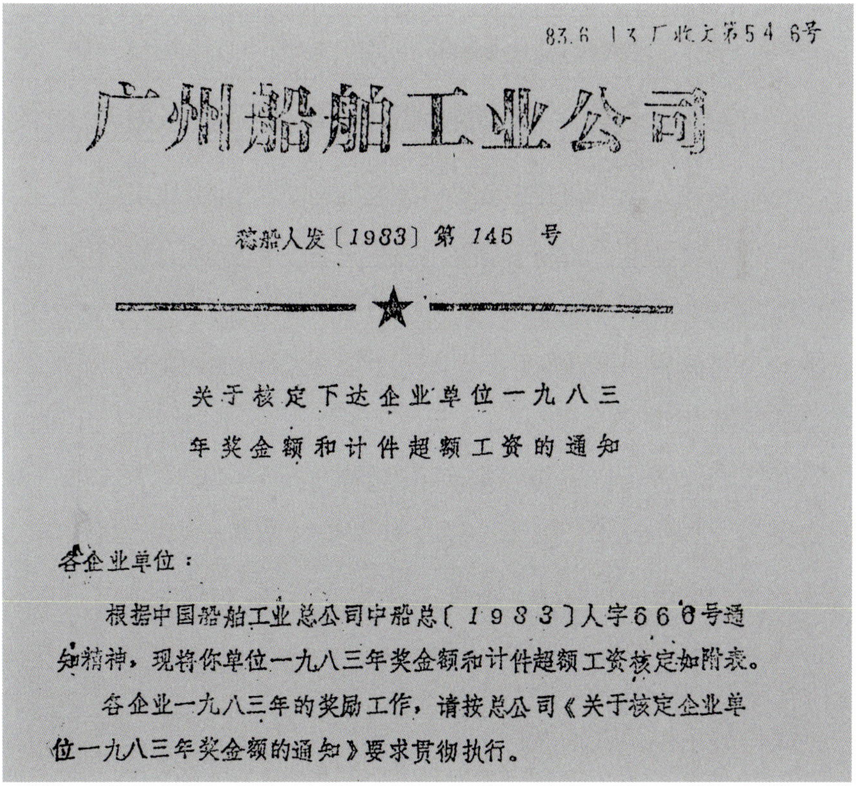

▲ 穗船人发〔1983〕第145号文

工资奖金来源一是从国际标准集装箱加工费中提取12%；二是从非国际标准箱产品的纯利中提取30%；三是合同单项奖。

同时，设立奖励基金，主要用于以下几个方面：正常工资和月度奖金；职工福利、工会活动或其他项目活动费用；加班费、夜餐费及年终奖；技术攻关奖励；合同完成奖罚金；外单位承包费、教育费。

当全厂都生产国际标准集装箱时，职工的奖金计算参照以下标准：

一线工人按超定额奖方案执行（不能高于1982年），非一线工人综合奖按下表执行。

非一线工人综合奖执行表（生产国际标准集装箱）

类别	工作岗位	金额计算
（1）	生产现场管理人员、起运工人	100%
（2）	维修工、其他管理人员	I类的95%
（3）	废品回收、供电、食堂	I类的85%
（4）	门岗、交通船	I类的70%
（5）	因病经医生批准照顾工作人员	I类的60%
（6）	经批准需照顾工作的人员	I类的50%
（7）	表现不好，调出生产线，暂做其他工作	I类0%～20%

当全厂工作以生产非国际标准集装箱产品为主时，回厂工作的职工，除执行承包超定额奖外，全部获得综合奖，共分为5类，其标准参照下表。

第五章 走出低谷（1983.5—1987.12）

全厂工人综合奖执行表（生产非国际标准集装箱）

类别	工作岗位	每人每天补助金额
（1）	1~10线工人管理人员	0.90元
（2）	维修人员	0.80元
（3）	变电工、杂工	0.70元
（4）	门岗、交通船	0.60元
（5）	培训人员	按总厂有关文件

对暂未安排工作的职工，报停工，发75%基本工资，不发奖金，放假回家。

对承包造船分段的职工，仍按超定额奖水平和各个时期的奖金标准确定奖金。

总结1983年终，由于合作方订单大幅度减少，工厂自寻生意，生产效率和效益都大幅降低。正式职工全年每人每月平均工资为53.9元，与1982年持平，奖金每人每月平均23元，比1982年减少62.9%。

三、继续发展广船集装箱分厂与西域投资（香港）有限公司的合作关系

面对形势严峻的国际集装箱市场，广船集装箱分厂发展国际集装箱生产的初衷没有变，发展中国集装箱化运输的目标没变。广船集装箱分厂经过慎重分析认为，还要继续维持与西域投资（香港）有限公司的关系，而且要在总结经验教训的基础上合作得更好。理由如下：

一是西域投资（香港）有限公司没有完全履行对工厂产品的包销条款，是因为第三方美国CTI公司因市场急变而放弃产品的优先购买权，西域投资（香港）有限公司已同意负担在停产期间国外贷款余额的利息，应对其予以谅解。

二是1984年7月，西域投资（香港）有限公司与工厂技术人员到国外推销产品，取得了可喜的成绩，订单形势明显好转。西域投资（香港）有限公司除了与美国CTI公司合作之外，还与下述公司签订了购箱合同，发展了贸易关系：

1984年	美国IOL公司订单	400个	40英尺
	中国远洋运输公司	1000个	20英尺
		300个	40英尺
1985年	美国租箱公司ICS	100个	20英尺
	加拿大（AZTEC）	9个	20英尺
		59个	40英尺
	中国（中国远洋运输公司）	3500个	20英尺
		1900个	40英尺

三是西域投资（香港）有限公司与世界级船公司和租箱公司有联系，比较熟悉。当年，出境不容易，批准时间长，广船集装箱分厂需要人在外联系客户、拿订单。西域投资（香港）有限公司是最合适的合作伙伴。

四是西域投资（香港）有限公司在香港经营运输公司，可协助广船集装箱分厂集装箱产品出口运输和集装箱材料的转运业务，安全、快捷、可靠。

第五章 走出低谷（1983.5—1987.12）

五是广船集装箱分厂尚欠建厂贷款本息（折算）360万美元。

六是在美国CTI公司放弃购箱优先权以后，西域投资（香港）有限公司积极配合广船集装箱分厂开拓国际集装箱市场，从1984年起步，已经取得良好成果。新的客户，新的订单正在取代美国CTI公司的市场位置。

经过协商，双方都对过去5年的合作表示满意，都同意继续发展合作关系。根据79CK-0020C号合同第六条第3款及第十一条第3款的精神，双方于1985年8月10日签订了《补偿贸易来料加工集装箱合同延期协议书》，主要内容包括：

（1）将79CK-0020C号合同有效期延长三年，至1989年1月20日止。

（2）由于广州地区电力供应不足，双方同意再以补偿贸易方式购置1台3000kvA50Hz柴油发电机组，安装在厂内备用，总价约30万美元。甲方选购，乙方付款。合同期内甲方用收取的加工费偿还本息。

（3）关于乙方手续费，国外买家，按购箱合同出厂价2%至6%支持；国内买家，按购箱合同出厂价1.5%至3%支持。

（4）对所有合同，乙方都有责任在中国香港协助甲方完成材料和产品的运输、报关，以及设备、备件的购买工作。

广东省对外经济贸易委员会对广船集装箱分厂在生产经营中遇到的情况非常了解，并表示支持，于1985年9月20日以粤经贸引字〔1985〕033号文《关于补偿贸易来料加工集装箱合同延期的批复》，同意签约双方将合同期延长三年。

从1986年1月20日起，广船集装箱分厂进入补偿贸易"三年

加时赛",至1989年1月20日止。

▲ 广东省对外经济贸易委员会《关于补偿贸易来料加工集装箱合同延期的批复》(局部)

第五章　走出低谷（1983.5—1987.12）

第二节
面向市场　寻求生机

广船集装箱分厂从国外进口材料，将产品销往国外，即所谓"两头在外"，与国际市场密切相关，离开国际市场就无法生存。美国CTI公司停止下订单之后，工厂生产线就停了。广船集装箱分厂必须马上走出国门，寻求生机。但是，改革开放

▲ 推销小组成员留影

初期，出境不是一件容易的事。1984年元旦刚过，广船集装箱分厂马上书面报告中国船舶工业总公司，组织五人小组出境推销，请求批准。但因为手续烦琐，几经周折，7月才终于成行。

推销小组成员共五人，分别是任福炜、钟玉权、徐润序（材料）、严明典（技术）、侯文智（生产）。另外，西域投资（香港）有限公司董事长林良成先生、总经理周自强先生也一同前往。

出访时间是1984年7月17日—8月14日，共28天。

计划拜访对象除了美国CTI公司的纽约总部，还有其他有能力购买集装箱的公司。

最终，此行拜访的情况如下：

美国	租箱公司	11家
	轮船公司	1家
	供应商	1家
		共13家12天
英国	租箱公司	2家
	轮船公司	3家
	供应商	2家
		共7家7天
中国香港	租箱公司（或分部）	5家
	轮船公司	1家
	供应商	4家
	其　他	7家
		共17家9天

此行的任务，除了带产品目录，宣传广船集装箱分厂，尽可能多地拜访集装箱用户和相关业务公司，推销集装箱产品之外，还有了解全球的集装箱市场动态、价格和需求现状，了解各家船公司和租箱公司的集装箱技术条件。当然，还要尽可能地争取订单，与潜在客户建立友好关系和沟通渠道。

经过努力，广船集装箱分厂推销团队取得了丰硕成果。

1. 澄清并消除了市场上关于合作方美国CTI公司购箱优先权的负面影响

美国CTI公司在中国建立广船集装箱分厂，拥有优先购买权，5年5万个。全球船公司和租箱公司都清楚这一点。广船集装箱分厂代表的解释是，广船集装箱分厂的现有生产能力比设计纲领超出50%以上，年产达15000TEU。希望更多的船公司和租箱公司购买广船集装箱分厂生产的集装箱。

因为当年美国CTI公司是集装箱拥有量最大的租箱公司，一些小公司态度比较温和，只想了解广船集装箱分厂的技术能力和质控情况。但是，几个与美国CTI公司实力相差不大的公司，如ICS公司、ITEL公司表示，希望在中国大陆做租箱生意，与美国CTI公司竞争，要成为广船集装箱分厂的第一大买家，不愿受美国CTI公司的限制；希望广船集装箱分厂提供优惠价格和交货条件，保质按期交货，提供优质服务。

租箱公司中，ICS公司的经营实力在美国CTI公司之下，但在中国大陆的租箱业务做得比美国CTI公司好。以往ICS公司在广东大旺厂买箱，碰到不少问题，因此很想在广船集装箱分厂买箱，成为第一大买家。但ICS公司有两个条件，一是集装箱验收后在厂堆存一个月，二是工厂负责配货用箱。

当ISC公司知道美国CTI公司并没有这些条件时，表示可另作考虑。广船集装箱分厂代表与ICS公司约定，广船集装箱分厂在当年9—10月先做20英尺和40英尺样箱各1个，验收和试验合格后，双方再商谈购买事宜。

2. 与国外用户进行了技术交流

在拜访集装箱用户时，多数用户要求先交流集装箱技术条件。广船集装箱分厂介绍了生产线的流程，特别是钢材部件的除锈油漆工艺及总装后焊缝的除锈油漆质量控制情况、质保人员的配置等内容。广船集装箱分厂代表也希望了解各家公司的集装箱技术条件、船级社、验箱代表、集装箱材料供应商名录等信息，并表示如果大家都有意将来合作的话，交流会逐渐深入。交流的内容包括：所用钢材和部件，与工厂现有牌号比较，是否通用；工厂现有工艺装备要不要修改；冲压模具要否新增；价格差异等。

如果客户有意下单造箱的话，广船集装箱分厂会及时提供技术条件，工厂安排设计图纸、样箱制造计划等。

集装箱市场变化很快，市场有需求，工厂反应要灵敏，技术准备、议价、生产准备都要快，交货要及时。这往往考验生产厂家的应变能力和管理水平，客户吃了一次亏，很可能就没有下一次的合作了。

3. 收集了国际集装箱用户对集装箱规格需求的变化

集装箱需求向大容量发展，大部分公司询价购买40英尺箱，20英尺箱的需求少之又少。当时收集到的主要需求如下：

美国CTI公司，当年拥有的20英尺箱与40英尺箱之比为3∶1，已决定卖出20英尺旧箱，买入40英尺新箱，力争将两种规格的集装箱存量之比调整为2∶1。

◇ ICS公司，计划采购20英尺箱和40英尺箱，数量各占50%。

◇ Interpool公司，多数买40英尺箱，只在中国香港买20英尺箱。

◇ Tol公司，不买20英尺箱，只买40英尺箱。

◇ Genstar公司，绝大多数买40英尺箱，极少买20英尺箱。

◇ Xtra公司，除20英尺箱和40英尺箱之外，还买40英尺HighCube（长40英尺，宽8英尺，高9.5英尺）。

◇ Seacon公司，40英尺箱占采购计划的85%。

◇ Interocean公司，只买40英尺箱。

◇ IEA公司，只询价40英尺箱。

◇ USL公司，只买40英尺箱。

◇ ITEL公司，1984年买了10000TEU，大部分是40英尺。

市场需求的变化，给广船集装箱分厂的生产管理和经营规划提出了新要求。

4. 消除了一些箱主在中国内地买箱的顾虑

1984年中国内地有4家集装箱厂，1家在上海，3家在广东，有的厂家曾出现过交货不及时，或质量不好，甚至有买方退货取消合同的案例。一些箱主分不清问题发生在哪个地方的哪个厂，因而对中国内地造箱有顾虑。这次见面消除了部分箱主的误会，如Genstar公司、Xtra公司、Seacon公司，都增强了在广船集装箱分厂买箱的信心。

5. 了解了国际集装箱市场的动向

一些美国公司认为，1983年世界经济低迷，航运业困难，1984年美国总统可能为竞选而采取一些经济刺激政策，推动美国经济好转，然后带动世界经济形势向好。但是，美元坚挺，进口入超多，因而会采取保护政策，如调整税收优惠条件、限制纺织品进口。

广船集装箱分厂代表拜访过的箱主普遍认为，1984年的经济形势会比1983年好，但仍困难重重。

如果世界经济好转，远东地区好转得最快，欧洲次之。造船和航运先复苏，继之是集装箱运输和集装箱制造的发展。1984年之前，船公司自己只有少量集装箱，不够用就向租箱公司租用。如果任何时候任何地区集装箱都可租可退的话，对船公司来说是最理想的，但这在美国就不可能了，因为美国进口货物多，出口少，很多空箱堆积在美国堆场出不来。所以租箱公司有规定：集装箱租金，短租比长租高60%；长租，在最后阶段要负责修理费，中间负责管理，可在任何地方租和退；短租方便，但在美国退一个箱，要付600美元。这样看来，船公司自己买箱划算。美国轮船公司（United States lines）认为船公司应有一定比例的自有箱，计划在1985年购买30000个40英尺箱；此外，香岛船公司，买了3艘船之后在韩国大量买箱。

6. 拜访香港有关公司，降低了集装箱从广州运到香港的运费

这次推销活动，在中国香港停留了9天，拜会了17家公司或分公司，其中租箱公司或分公司5个，供应商4个，船公司1个，法国船级社ＢＶ（香港），美国船级社ＡＢＳ（香港），此外还有华联、粤海、华润、友联船厂等中资机构，中国香港多个码头，美国CTI公司集装箱葵冲堆场等。广船集装箱分厂代表将过去有业务联系和今后可能会有业务联系的公司都拜访了一遍。

第五章 走出低谷（1983.5—1987.12）

中国香港的集装箱租赁业务，在1984年还算可以，但广船集装箱分厂的合作伙伴美国CTI公司的租箱业务不平衡，6月才花钱从美国运1500TEU空箱到远东地区，其中1000TEU运到中国香港，500TEU运到日本。近期美国政府对中国内陆和澳门的来料加工业、纺织业有限制政策，将会影响中国香港的经济和集装箱的用量。许多租箱公司估计，经济会好转，但远东经济有波动，将会影响租箱公司购买新箱的决定。

过往3年，广船集装箱分厂生产的集装箱运往香港，经华联仓码头，然后运往用箱地点，华联仓经常收取额外杂费。这次与西域投资（香港）有限公司一起拜访华联仓码头，商定今后三方合作，降低了广船集装箱分厂运新箱到香港的费用。1981—1983年广船集装箱分厂生产的美国CTI公司箱，由西域投资（香港）有限公司找珠江船队承运，一个20英尺箱报价超过150美元；改由广船集装箱分厂找珠江船队承运，一个箱的费用可减少近50%。

7. 争取到了一个延期付款的订单

当时世界经济不景气，租箱公司财务状况都不是很好，即使预见到市场开始复苏，可动用买箱的资金也受到限制。1984年7月，广船集装箱分厂代表所接触的公司，多数都要求买箱延期付款，且多数都不开银行保函；若不谈延期付款，就不想询价。

据介绍，延期付款在美国是常事，较多发生在地产、建筑、造船等行业，因为这些行业的设备和建筑寿命都比较长。不过，这种付款方式在集装箱行业则要慎重考虑，集装箱寿命普遍在12年以上，但散落在世界各地，难以收回，不易兑现。

广船集装箱分厂的建厂投资还未偿还完毕,如果产品销售又延期付款,则不仅资金周转压力大,风险也不小。

美国IOL租箱公司同意1984年购买400个40英尺箱,但分期付款,年利率9%。合同签订后付5%,第一批交货后付10%,余下按月支付,年利率9%,复利加本金,5年还清。据了解,该公司的财政状况还可以,虽说没有银行保函,但广船集装箱分厂争取到其两家姊妹公司的保证书。回国后广船集装箱分厂向中国船舶工业总公司汇报,财务处李少葵处长支持担保贷款,中国银行美元以8%的利率提供贷款,以7%利率提供人民币贷款,最后,IOL公司400个40英尺箱购箱合同成交并顺利执行。

8. 拜访了一些主要客户

首先,广船集装箱分厂代表此行拜访了多年的合作伙伴美国CTI公司的纽约总部及其在中国香港的办公室。美国CTI公司总部坐落于纽约市东北郊,市内乘地铁然后转公交,1个多小时才到达公司所在地。原总裁福克斯先生已另谋高就,技术副总裁孔兹先生等职员接待了西域投资(香港)有限公司和广船集装箱分厂一行人。他们说,美国CTI公司的母公司Gelco公司已决定放弃1984年在广船集装箱分厂的优先购买权,只买400个40英尺箱,原因是市场需求不旺盛,没有大规模的买箱计划。该公司认为,广船集装箱分厂箱价处于世界中等水平,低于日本的工厂,但稍高于韩国和中国台湾的工厂,而且韩国的工厂可交箱到堆场,西域投资(香港)有限公司和广船集装箱分厂做不到。

其次是中国最大的远洋运输公司。中国远洋运输公司从1978年开始就为船队购买集装箱,一般都在日本购买。经过近

第五章　走出低谷（1983.5—1987.12）

两年的接触，1984年广船集装箱分厂与中国远洋运输公司进行了实质性商谈。在这次推销期间，双方就谈定了1984—1985年的生产和交货计划，为此后的合作打下良好基础。

▲ 广船集装箱分厂代表正与中国远洋运输公司代表洽谈订单

▲ 中国远洋运输公司订购的40英尺箱

据统计，此次推销期间落实的1984年生产的集装箱订单情况如下：

美国CTI公司	40英尺箱800个	
	出厂价	2875美元
黄埔CTI堆场	交货价	2910美元
中国香港CTI堆场	交货价	3115美元
Interocean公司	40英尺箱400个	
分期付款广州	出厂价	2950美元
中国远洋（COSCO）广州公司	20英尺箱1500个	
黄埔	交货价	1800美元
中国远洋（COSCO）上海公司	40英尺箱1400个	
中国香港	交货价	2940美元
合计成交	6700TEU	1048.8万美元

这是广船集装箱分厂建厂后，第一次组团出行，面向全球市场推销产品，不仅让世界同行了解了广船集装箱分厂，而且拿到了订单，看到了努力方向，可谓成果丰硕，为广船集装箱分厂之后的生产经营打下了基础。

第五章　走出低谷（1983.5—1987.12）

第三节
开放窗口　改革先锋

改革开放初期，关于三方合作建设的广船集装箱分厂正式投产的消息，被国外媒体广泛传播，如美国《财富》杂志和《运输2000》杂志都曾详细地报道过。中国的改革开放政策，中国香港公司在改革开放中的特殊作用，以及中国内地的广阔市场，都让世人眼前一亮。合资企业、合作企业如雨后春笋般出现在珠江三角洲，珠江两岸生机勃勃。早期沐浴春风、引进外资求发展的广船集装箱分厂，在20世纪80年代中期，曾是广东省广州市改革开放的窗口。国际上各色政治人物、企业家，都前来实地考察，寻找商机。

一、开放窗口

（一）接待来宾

从1983年起，广船集装箱分厂被广东省外事办公室列为对外接待单位。来宾中，有外国政府部门，有各类企业家，也有私人研究机构。他们想知道的事情多种多样，提出的问题五花八门。据不完全统计，有以下来宾给广船集装箱分厂接待人员的印象比较深：

国家团体

◇ 英国皇家某代表团

◇ 欧洲经济共同体某代表团

◇ 美国国会议员代表团

◇ 美中贸易全国委员会

◇ 日本企业界友好代表团

美国、英国、西德、日本、法国、土耳其、南斯拉夫、马来西亚、韩国等国家的来宾。

▲ 广州造船厂领导引领贵宾参观广船集装箱分厂

商界人士

各国企业家、港澳台地区的商人和友好人士，前来参观广船集装箱分厂，了解工厂生产和经营情况，寻求商机。

第五章 走出低谷（1983.5—1987.12）

▲ 广州造船厂领导接待来宾

原广州造船厂厂长严明（右一），时任广州造船厂厂长任福伟（右二），广船集装箱分厂厂长钟玉权（左一），西域投资（香港）有限公司总经理周自强（左二）

1981年初，《运输2000》杂志报道广船集装箱项目时，曾报道工厂500多名生产工人，其中近35%是女职工。来厂参观的客人也提出很多问题，如工人多少工资，男女职工是否同工同酬，职工对改革开放政策是否欢迎，美方、港方和工厂三方合作有没有矛盾等。

参观者看到厂区的成品和半成品堆放整齐，生产线工人忙而有序，都称赞广船集装箱分厂是中国改革开放的窗口。外国企业家和各界朋友有机会实地了解中国对外开放和利用外资的实况，这有助于宣传中国改革开放国策，鼓励外商向中国投资的热情和信心。

（二）引进技术

1982年为了提高生产线的产能，增加集装箱产量，广船集装箱分厂从澳大利亚柏斯市西澳洲液压机床厂购买了13mm剪床一台，200吨、300吨、400吨压床各一台。10月份广船集装箱分厂厂长钟玉权带队一行5人前往该厂验收设备。

该厂面积不大，规模较小，采用源自欧洲的机床技术。该厂除了在澳洲销售产品之外，还在新加坡设有代理公司。该厂负责技术和市场的董事克劳斯先生对广阔的中国市场很感兴趣，希望将产品销往中国大陆。但与很多外国企业一样，该厂没有合适渠道，没有合适的时机和合适的合作者，始终成效不大。这次广船集装箱分厂一行到该厂购买设备，使他们兴奋不已。在了解到广州造船厂的规模和技术实力之后，他们表示，希望有机会与广州造船厂合作，生产液压机床，并在中国大陆销售。

▲ 广船集装箱分厂代表与澳大利亚柏斯市西澳洲液压机床厂负责人在该厂大门前合影

第五章　走出低谷（1983.5—1987.12）

克劳斯先生于1983年到广州考察，住在东方宾馆西楼。饮完早茶后，他在一楼大堂凝视着壁上一幅大型豪华金色潮汕木雕，问广船集装箱分厂的厂长钟玉权，这是哪里出品的、价格是多少。看得出，他被中国古老的文化艺术深深吸引住了。澳大利亚是移民国家，这种古老的艺术作品不多。西澳洲液压机床厂后来与广船机械厂合作成功。该系列机床设备在后来的一段时间内，也成了广州造船厂的支柱产品之一。

中国是个大市场，但当年各种设备和物资都比较缺乏。其他国家和地区的商人，希望引入相关技术在中国生产和销售相关设备。有些客商就指名希望在广州造船厂生产，但由于行业所限，短期内看不到大量的需求，风险较大，广州造船厂不敢洽谈或引进。

（1）1982年5月26日，美国伯托利尼工程公司总裁伯托利尼先生来信。该公司希望同广船集装箱分厂合作，在中国生产集装箱拖卡系列，发展中国的集装箱化运输。

（2）美国供应商Selector-Flash公司来信，希望与广船集装箱分厂合作生产集装箱标志铭牌，并提供了比较具体而且可行的合作方案。

合作方式：起初中国厂方负责来料加工，将来由中国供料，双方合资经营，先供应中国市场，然后争取出口创汇。美方提供技术和培训（不可能派人长驻）；广船集装箱分厂负责工厂经营和生产管理。

（3）加拿大大型筑路机生产商，希望合作生产筑路机，并在中国销售。这些项目，并非广船集装箱分厂的传统主业，风险和效益不明。广船集装箱分厂没兴趣也没有这类能力从事这

一类的产业,但很多外商和港澳台商人开始在中国各地活动,寻找商机。

(三)在利用外资初期,合作三方的有关税务事项

广船集装箱分厂经国家相关部门和海关总署批准,在执行补偿贸易协议期间,免交海关关税和工商税。

美国CTI公司在中国买箱有税收优惠,但是,据称1984年美国国会正在酝酿制定某些法规,如获通过,将对美国CTI公司及其他租箱公司在国外购箱产生不利影响。而这一变化,也导致美国CTI公司重新考虑在广船集装箱分厂的订货计划。为此,1984年3月7日,美国CTI公司副总裁葛特逊先生发来名为《关于购买集装箱事宜》的电传,文中拟定一篇电文稿,要求广船集装箱分厂将此稿送交北京机械进出口总公司,再转呈中国外贸部审定后,发送给美国财政部部长里甘先生,请求里甘先生网开一面,保留美国CTI公司在中国买箱的征税优惠条件。

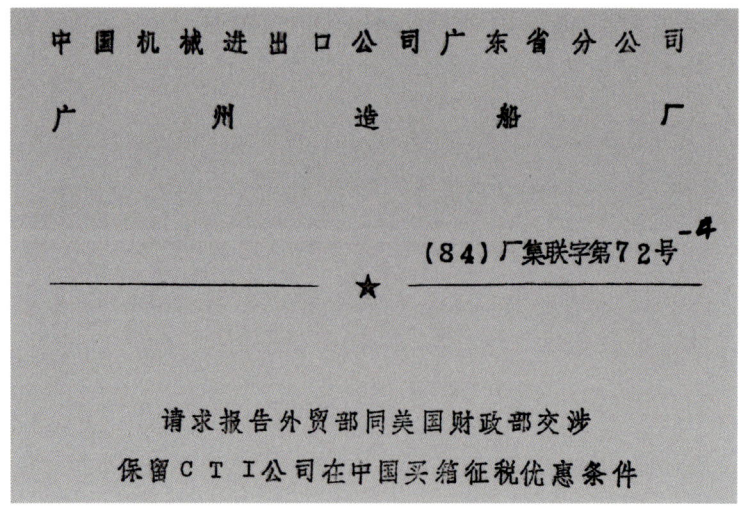

▲ (84)厂集联字第72号文

收到广船（84）厂集联字第72号文之后，1984年4月10日，广州船舶工业公司以穗船营发〔1984〕第088号文就此事报告中国船舶工业总公司，恳请总公司给予考虑。

不过，在改革开放初期，此类案例少之又少，此事后来没有下文。当年，广船集装箱分厂是广东省广州市的对外开放单位。后来，美国国会议员代表团到广船集装箱分厂考察，了解中国的改革开放和广船集装箱的三方合作情况。

西域投资（香港）有限公司初期以来料加工方式，向广船集装箱分厂支付加工费，在内地没有交税的义务。然而，1985年签订的合同延期协议书，西域投资（香港）有限公司的收入按集装箱出厂价的百分比计。因此，广州税务局规定西域投资（香港）有限公司的收入应以出厂价的百分比计算，此后西域投资（香港）有限公司就必须按章交税。

1986年3月20日广州市税务局对外税务分局，以税外发〔1986〕66号文《代扣税款的通知》，明确了协议书中的有关税务事项。

（1）工商统一税，乙方收取的手续费应按其全额缴纳7%的工商统一税，同时按应纳工商统一税额计算缴纳1%的附加税。

（2）所得税，以乙方收取手续费的20%为计算应纳税所得额，计算应纳的所得税。

（3）个人所得税，乙方为履行本合同而派来内地工作的人员，应到税局办理申报缴纳个人所得税手续。

（4）申报纳税，广船集装箱分厂为上述手续费的支付人，在每次支付的手续费中扣缴各项税款，并到广州税务局办理有

关扣缴税款事宜。

(四) 合资成立广州集装箱维修服务公司

为适应中国南方，特别是珠江三角洲地区国际集装箱化运输的迅速发展需要，香港和广州6个相关公司在广州组建了康达国际集装箱工程有限公司，总部设在广州经济技术开发区黄埔港集装箱公司。

1. 各方投资参股比例

A方：广州造船厂，占22%。

B方：中国对外贸易运输总公司广东省黄埔公司，占19%。

C方：黄埔港集装箱公司，占19%。

D方：中国外轮代理公司广州分公司，占7%。

E方：广州经济技术开发区商业服务公司，占8%。

F方：西域投资（香港）有限公司，占25%。

2. 经营范围

（1）国内外各类型集装箱的制造、维修和服务。

（2）修理集装箱车架、拖头，修理铲车等车辆。

（3）修理和制作各类钢结构和五金制品。

（4）代办集装箱检验。

（5）集装箱堆存。

3. 合同各方的责任

4. 本公司经理由广州造船厂提名，董事会讨论决定后任命，副经理由经理提名，董事会讨论同意后聘任，经理有权任免属下部门负责人。

康达国际集装箱工程有限公司是合资企业，集中了当年广东省主要的集装箱生产、集装箱货物运输、集装箱港口码头、集装箱业务信息以及协助联络租箱公司、船公司等有关公司。通过集装箱修理业务，各公司互相联系和促进，为加快珠江三角洲和广东集装箱化运输的发展，起到了积极的促进作用。

集装箱堆场和集装箱修理网点设施，是船公司和集装箱租赁公司的标配之一，是箱主经营业务的基本需求。

▲ 1989年康达国际集装箱工程有限公司董事会合照

二、做改革排头兵

（一）申报机电产品出口基地

1986年元旦过后，中国船舶工业总公司召开出口工作会议，传达了国家有关文件的精神，明确在国务院机电产品出口办公室领导下，总公司属下机电产品出口的管理体制和出口分

工，提出了鼓励机电产品出口的政策措施，为创建属下机电产品出口基地做出部署。

中国船舶工业总公司营业部领导认为，广船集装箱分厂组织产品出口起步较早，经营管理条件较好，所以正在争取将广船集装箱分厂打造成为中国第一批机电产品出口基地企业；希望广船集装箱分厂以出口基地企业为目标，做好产品出口的基础工作，争取更好的经济效益，多创汇，为国家多作贡献；明确广船集装箱出口管理体制和出口分工及各种关系。

广船集装箱分厂补偿贸易合同延期3年，西域投资（香港）有限公司和中国机械进出口公司广东省分公司都是承接订单的渠道。出口基地要坚持多渠道承接出口产品订单，保持与中国船舶工业总公司和广州分公司的联系，处理好各种关系。

出口基地企业三项主要考核指标：

（1）出口创汇额。

（2）换汇成本。按规定1∶4.2，争取1∶4.5，按财政部批文办理。

（3）合同履约率。

（二）广船集装箱分厂出口基地企业获准

1986年3月，经国务院机电产品出口基地办公室国机出〔1986〕025号文批准，广船集装箱分厂为全国第一批46个出口基地企业之一，获得多项政策优惠：

（1）奖金标准增加1个半月，合计全年5个半月（工资）。

（2）资金支持，在出口基地名下，国家支持外汇额度50万美元，外汇贷款100万美元，已全部落实。

（3）补办出口基地的外贸法人手续。

（4）国务院出口基地办公室批准广船集装箱分厂发展冷藏箱产品，批准280万元贴息贷款，年息3.96%，3年还清。工商银行广州分行已通过广船集装箱分厂的可行性报告，12月份可办妥100万元的借贷手续。

（三）批准外汇外现账户

1987年4月，经中国船舶工业总公司批准，广船集装箱分厂在广州开设外汇现汇账户，限额为200万美元。据悉，这是中国船舶工业总公司当时系统内唯一的现汇账户。

（四）批准直接经营进出口业务

1988年1月23日，广州市对外经济贸易委员会，以穗外经贸进〔1988〕030号文《关于广州造船厂集装箱分厂直接经营进出口业务的批复》，根据中华人民共和国对外经济贸易部1987年12月28日（87）贸管体字第444批文，同意广船集装箱分厂直接经营外贸业务，并批准工厂进出口业务章程和进出口商品目录。工厂只经营本厂产品的生产和出口和科研所需要的技术设备、仪器、模具、零部件、原辅材料的进口；不代理其他企业、单位、部门的进出口业务；不经营国家规定统一经营的商品；财务实行独立核算，自负盈亏；并承担出口计划和创汇任务，积极为国家多出口多创汇。

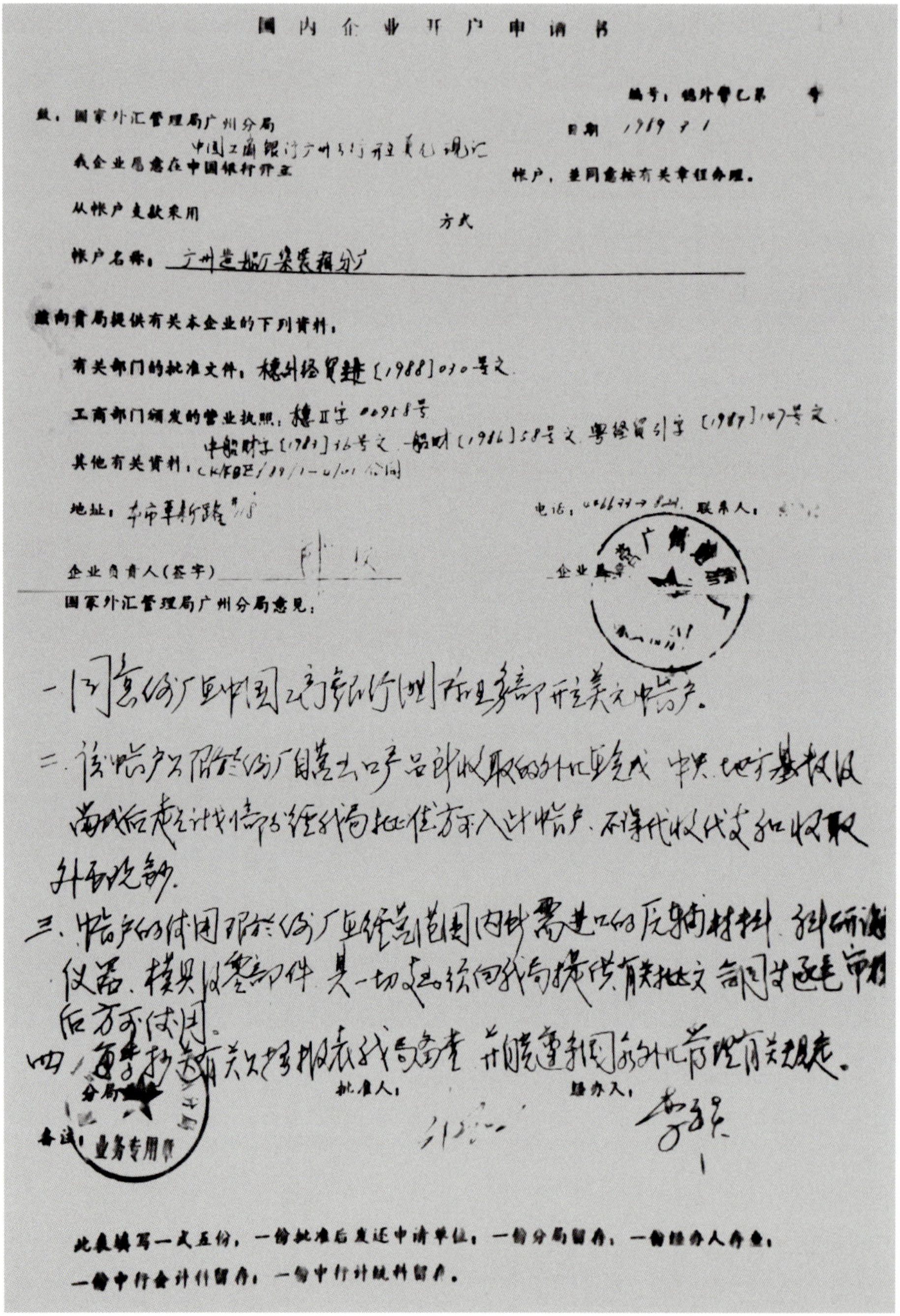

广船集装箱分厂引外资求发展实录

▲ 广船集装箱分厂开设外汇现汇账户申请书

第五章　走出低谷（1983.5—1987.12）

▲ 装船待运的集装箱

第四节
走出困境　迎来曙光

广船集装箱分厂的订单来源跌入低谷之后，管理层不仅要忙于"找米下锅"，为职工的工资和奖金寻找来源，而且还要面向市场，寻求生机。在山重水复的路上，广船集装箱分厂既脚踏实地走好每一步，又要发展生存空间，期待他日东山再起。缺钱、缺电、缺订单，全厂职工同舟共济，排除万难，终于走出困境，迎来曙光。

一、排除万难

（一）外汇周转金严重不足

从1983年开始，国外集装箱订单断断续续，生产线打打停停。至于补偿贸易的还款进度，工厂难以制订出一个切实可行的计划。银行一直在关注工厂的还本付息能力。

如果订单到手，广船集装箱分厂首先要筹集资金买材料。1982年初，工厂争取到代外商买材料的机会，第一批14333个箱的材料是西域投资（香港）有限公司先出钱购买的，广船集装箱分厂生产的箱收回材料款之后，才能还钱，总计达2289.3137万美元。当时广船集装箱分厂要在短期内筹集那么多外汇买材料，还

第五章 走出低谷（1983.5—1987.12）

是相当困难的。这批材料广船集装箱分厂一直用到1983年初。

时间进入1985年，广船集装箱分厂的生产经营仍困难重重，补偿贸易合同按时还款付息没有希望了。但只要手头有订单，广船集装箱分厂就必须按时买材料生产交货。中国银行广州分行和广东五金矿产进出口公司曾对广船集装箱分厂的还债前景提出疑问。1985年5月17日，中国银行广州分行发来紧急通知，要求中国船舶工业总公司书面担保才予开信用证。广船集装箱分厂向中国船舶工业总公司汇报，中国船舶工业总公司极力支持广船集装箱分厂的发展，同意办三件事：

（1）联系中国银行广州分行。

（2）联系中国银行北京总行。

（3）为广船集装箱分厂提供适量外汇额度，解决急需的周转资金。

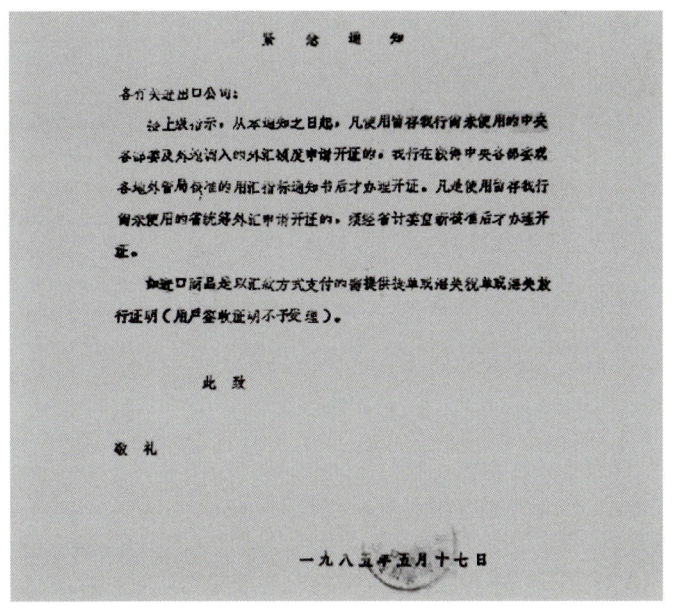

▲ 1985年中国银行广州分行发来的紧急通知（影印件）

（二）生产线设备老化

工厂设备全部都是从美国和澳大利亚进口，经过几年的高速运转，一些高速运行的机械部件磨损严重，设备和工艺装置的精度变差，甚至在生产过程中出现停机待修状况。

生产线各工位紧密衔接，一个工位停台，后续工位跟着停产。订单多，交货期紧张时，停工停产，全厂上下心急。所以，尽可能减少停台时间，成了生产管理和设备管理的重要课题。

每年从国外进口设备备件，要有海关认可的批文，要提前办好相关手续。但是，国外的生产厂家的联系人在变动，广船集装箱分厂又不容易申请专程出国采购，而且备件数量不多，价值也不高，要用合理的价格采购到质量合格的备件，就要选好供应商。

（三）停电停产

当年，电力供应不足，是个老大难问题。在建厂初期，从南石头变电站拉专线到广船集装箱分厂，是为了照顾集装箱生产的用电需求。但是，实际上，专线拉闸也更方便，不会影响附近居民区的用电。广州造船厂多次向广州市申请用电指标，但效果不明显。

随着城乡建设事业的发展，居民生活水平的提高，各种用电设备，如电视机、冰箱、洗衣机，迅速进入普通家庭，而国家电网建设的发展赶不上城乡居民用电需求的增长，工厂的生产用电因此日趋紧张。

1984年，从10月份开始，广州市就频繁发生无预告停电，导致工厂随时停工停产，管理混乱。

第五章 走出低谷（1983.5—1987.12）

据不完全统计，1984年广州市10月份不同程度停电14天，11月份不同程度停电11天，12月份停电13天。

生产线无法安排生产。广州造船厂动力科再三向省市三电办提出请求，希望在11月最后一周内不停电，对方同意了这一请求。广船集装箱分厂动员全厂职工苦干一周，于11月30日完成了IOL公司150个40英尺箱的生产，按期交货，没有让声誉受损。12月份供电仍然紧张，但停电有规律（每周停电2天）。广船集装箱分厂抓紧时间安排随电生产，打破八小时工作制，有电就加班加点，最终完成了12月份的订单任务。

1985年全年的电力供应更趋紧张，上半年无预告停电共计21天，下半年无预告停电34天。在这种情况下，广船集装箱分厂生产线不得不随电安排生产，5—8月，连续四个月每月都要开一周的深夜班（深夜供电趋缓）；从11月份开始，每周六都必须开一次深夜班。由于上深夜班，有部分职工安排生活有困难，造成出勤率下降，且在产品质量上，夜间生产的产品差于白天生产的产品，安全生产也容易出事故。深夜班为生产管理增加了不少难题。

在开夜班期间，广船集装箱分厂特别注重对职工进行安全生产教育、质量信誉教育，同时注重管理的细节，以保证安全有效地生产出高质量的集装箱产品。

广船集装箱分厂的领导层注意到，电力供给紧张问题不是短期可以解决的，为了缓解生产压力，经广东省对外经济贸易委员会粤经贸引字〔1986〕059号文批准，广船集装箱分厂于1986年4月以补偿贸易方式购进日本洋马株式会社YEG1400TYPEA-1柴油发电机组一套（额定输出1254千瓦），

以便工厂在停电时能正常生产。

▲ 广东省对外经济贸易委员会对广船集装箱分厂引进柴油发电机组的批复

1986年第四季度，每周只供2～3天电，且是无计划停电。广船集装箱分厂自购的发电机组派上用场，但自发电只能满足50%负荷，必须开两班，一半人白班，一半人晚班。结果是工厂总耗电增加，成本加重，工厂管理的难度增大。

从1987年3月份开始，广船集装箱分厂的经营形势好转，订单趋于饱和，开两班应对出口产品交货。因省里照顾机电产品出口基地的用电，电网外电加上自发电，电力总算能满足广船集装箱分厂开展生产活动的需求。

然而，1988年就麻烦多了。因居民用电大幅增长，广州用电比往年提早拉闸。广船集装箱分厂从7月份开始就频繁无计划停电，7月上旬8次，中旬7次。供电部门无预报，拉闸时间多在上午9至10时左右，职工开工不久就停电，虽有应急发电机组，但功率不足，大部分工人只好放工回家。这不仅增加了成本，还延误订单的交货期。

集装箱出口订单，产品质量是重要的保证条款。每家箱主都派自己的验箱代表负责产品验收和督促交货外运。由于频繁的突然停电，集装箱表面油漆的喷涂质量受到严重影响，直接关系到集装箱的使用寿命。箱主代表向广船集装箱分厂提出意见，要求尽快改善油漆喷涂质量，不然就拒绝收货。

停电影响集装箱产品交货进度。按行业惯例，订货合同按月验收，批量交货付款。由于频繁停电，生产进度失去控制，出口交货脱期，不但造成经济损失，打乱整体出口计划，而且影响到广船集装箱分厂的声誉。

外商驻厂的验箱代表多是外籍人士，其工作日程是以合同签定的生产和交货时间来安排的。由于停电影响生产，验收工作日程延长。严重时，外商会要求广船集装箱分厂补偿其派出代表在厂的驻勤损失。这在经济上、声誉上，都对广船集装箱分厂极为不利。

在紧急情况下，广船集装箱分厂于1988年7月20日写信给广州市政府相关主管领导，请求在全市供电分配规划下，对出口任务重、创汇条件优越、经济效益和社会效益较显著的企业区别对待，尽量减少临时性拉闸停电，支持广船集装箱分厂为完成广州创汇任务多作贡献。

二、曙光初现

1986年是广船集装箱分厂与西域投资（香港）有限公司签订延期协议后的第一年，世界航运业仍然不景气，国际集装箱市场处于严重的供过于求的状态。根据英文杂志《国际集装箱化》1986年年中预测，1986年集装箱需求量将比1985年减少37%。七大租箱公司面临严重危机，在租金低下的市场情况下收入微薄，处境艰难。有些公司开始合并经营。在这种形势下，全世界集装箱制造厂都面临新的考验。除了中国台湾集装箱制造厂有中国台湾船公司的大量订单支撑，所以日子稍好过一点之外，其他厂家的日子都相当艰难。价格低廉的韩国厂家，第一季度的开工率也只有三分之一。据说，美国某轮船公司，由于入不敷出，被迫清理财产和债务，谋求新业，在航运业界造成新的混乱。日本的集装箱产量占远东地区产量的三分之一，但由于日元大幅升值，日本集装箱造价急速上升而失去了市场的竞争力。日本集装箱制造厂相继停产转产，另谋出路。另一方面，台币和韩币也有升值的苗头，一系列事件导致国际集装箱价格浮动。

广船集装箱分厂1986年第四季度生产的集装箱，被美国CTI公司运往日本装货，引起日本集装箱界的注意。日本商社和日本邮船公司来广船集装箱分厂实地考察，计划在中国造箱。伊藤忠是第一个来询价的日本代表。

1986年是我国第七个五年计划的第一年，国内船公司买箱的资金尚未落实。广船集装箱分厂上半年未获国际标准箱订单，7月份出国推销，获得美国CTI公司1530TEU合同。这一

第五章 走出低谷（1983.5—1987.12）

年，广船集装箱分厂只生产2158TEU，是1981年正式投产后产量最低的一年。但是，1986年初广船集装箱分厂早有克服困难的思想准备，积极开发非标准箱产品，全年盈利195.54万元，经营压力小于前年。而且，1986年3月，广船集装箱分厂被国务院机电产品出口办公室批准为出口基地，各项政策在一步步落实，支持力度也显著增强，管理层心中比较踏实。

广船集装箱分厂的管理层意识到，国际集装箱市场或许即将发生大变化，市场机会就在眼前。广船集装箱分厂已经走出低谷，迎来了曙光。

1987年初，不少人还在悲观和疑惑之中，广船集装箱分厂管理层就果断、及时地制订了扩大生产的经营目标，做出调动人力、物力、财力等资源的计划和措施。1987年春节前，全厂只有两条线组织生产。过完春节，市场急需用箱的信息传出后，管理层当机立断，做出在短期内形成四条总装流水线、满负荷生产集装箱的决定。

首先，筹集资金购买集装箱材料。计划在4月中旬和7月上旬分别增加一条总装流水线，并据此承接生产订单。做好设备维护、人员招聘等工作。

然后，经过劳动服务公司招收246名外来务工人员，分9期进行培训，共授课1080小时。过去几年，每年都举行外来务工人员培训。不同的是，这一次招工人数最多、工种最多，以老带新难度较大。通过培训，绝大多数外来务工人员都能了解厂纪厂规，掌握基本操作技能和安全生产常识，通过技术考试获得上岗证书。广船集装箱分厂达到预期加开两条流水线、实现满负荷生产的目的。

1987年度的生产，虽然从第二季度才开始加速，但全年完成产量11800TEU，利润564.07万元。

1988年是补偿贸易合同延期最后一年，工厂在1987年基础上增开一条总装线夜班，全厂职工苦干加巧干，完成了各项经济指标，是1981年正式投产以来最好的一年。

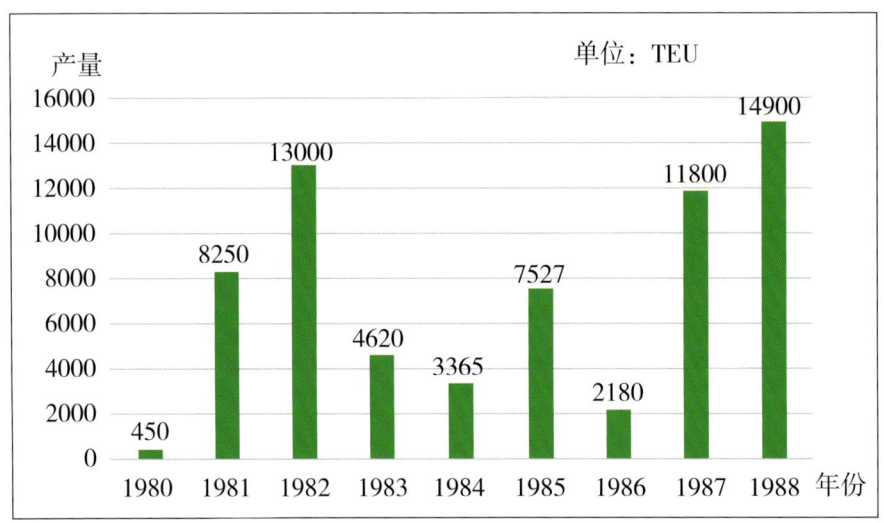

▲ 1980—1988年集装箱产量统计表

▲ 1980—1988年合同收入统计表

第五章 走出低谷（1983.5—1987.12）

广船集装箱分厂全体职工，经过近10年不懈努力，几经沧桑，终于还清了补偿贸易建厂的全部债务。

然而，在国际集装箱市场激烈动荡的1983—1987年，合作三方的命运却各不相同。全球航运业不景气，美国CTI公司不得不放弃在广船集装箱分厂购箱的优先权。在此期间，美国CTI公司拥有的集装箱总量减少了4万TEU，处境艰难。1987年国际航运业好转时，国际租箱行业也发生了重大变化，企业重组、合并和集团化经营的趋势出现了。美国CTI公司，这个曾执全球租箱业牛耳的美国大公司，被美国通用电器收购，并划给其子公司Genstar管理，使Genstar成为全球第二大租箱公司，拥有各类型集装箱47万TEU。更使世界集装箱业者瞩目的是，1988年ITEL公司先后接收了Xtra公司和Flexi-Van两家颇有影响的租箱公司之后，一跃成为世界第一大租箱公司，拥有各类型集装箱达49万TEU。

可喜的是，美国CTI公司被收购之后，原美国CTI公司副总裁葛特逊先生，在一家新租箱公司Matson任总裁，该公司将来或许会成为广船集装箱分厂的大买家。

相比之下，西域投资（香港）有限公司的日子好过一些。中间商照做，收入虽然比不上1981—1982年，但与广船集装箱分厂的生意关系还很牢固。

广船集装箱分厂偿还建厂投资，补偿贸易结束了，但国内的集装箱材料生产还跟不上，来料加工生意还要继续。1988年8月31日广船集装箱分厂（甲方）与西域投资（香港）有限公司（乙方）签订了编号为CK-AA-89/94的委托代理合同，委托

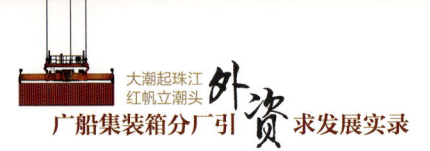

乙方为甲方国外销售独家代理。代理期限自1989年1月21日—1994年1月20日,共五年。期满后,如双方同意,可延续合同或另订新合同。

第六章 **6**

抓好机遇

（1988.1—1993.4）

第六章　抓好机遇（1988.1—1993.4）

第一节
自营出口　操守诚信

1988年1月20日，广船集装箱分厂被广州市对外贸易委员会批准为直接经营进出口业务的企业，承担中国船舶工业总公司和广州市的外贸出口任务，要求不失时机地克服困难，扩大生产，逐年提高经营集装箱出口数量和创汇收益。经批准的自营出口企业的优惠政策，实行一定三年不变；每年创汇指标都要有所增长。

为适应新形势发展的要求，广船集装箱分厂的领导班子得到了充实和加强。

分　厂　长：钟玉权

副　厂　长：徐润序

　　　　　　赵继堂

　　　　　　严明典

　　　　　　殷学明

总支书记：陈景奇

广船集装箱分厂自从获得中华人民共和国对外经济贸易部批准可以直接经营外贸业务之后，连续得到广州市各级领导部门的大力支持，大大地增强了企业生产经营的活力。广州市政

府对广船集装箱分厂等创汇达1000万美元以上的企业,给予重点支持和政策优惠。

一、得到政府的支持和优惠

在供电上的支持。1990年广州全市工业用电每周规定"开五停二"（开五天工停两天电）,1991年改为"开四停三"。因广船集装箱分厂属重点支持企业,市三电办同意每周"开六停一",实际上是生产时间没有停电。而且,全市规定工业用电要避开早、午、晚高峰,但允许广船集装箱分厂只避晚峰（19~21时）,实际上对生产没有影响。

在设立保税工厂上的支持。1988年广州海关同意广船集装箱分厂设立保税工厂,生产所需原材料全部核免征收进口关税,大大减轻了企业的资金负担,节约了成本,最大限度地简化了原材料的进口环节,对广船集装箱分厂计划进料、减少存货、用活资金发挥很大作用。

在成为海关监管企业上的支持。广州海关选定广船集装箱分厂为海关监管企业,为此,广船集装箱分厂成立海关义务监装小组,成员9人,日常代表海关对广船集装箱分厂产品出口执行检查、封关、监装、清关、离岸起运等一系列出口监管工作,并于每月25日,将本月出口产品总数一次性汇总报关。这使广船集装箱分厂的产品出口可以不再受海关办公时间的制约,全部可以按箱主的交货要求准时运到指定港口、码头,深得箱主的好评。

在增设起运点码头上的支持。广州市政府批准广船集装箱分厂码头为对外贸易口岸码头,分厂集装箱产品全部可在分厂码头直接办理清关。

此前,广船集装箱分厂的所有出口交货产品,必须按海关出口监管规定,将集装箱运往指定的对外贸易口岸(广州内港芳村码头或新风码头),每个集装箱多付150元内港驳运费,而且产品需在内港往返运送,明显影响工厂的出口交货进度,降低船舶的运输效率,更无法执行海关义务监管制度。

西部厂区生产线量产之后,1989年12月22日,广州市人民政府口岸办公室(以下简称口岸办),以穗府口函〔1989〕71号文,批准增设广州造船厂新区码头为广船集装箱分厂起运点作业码头。批准文认为,考虑到该作业码头在临时使用期间守法经营,遵守各项规章制度,取得了较好的经济效益,而且,西部厂区增加的集装箱流水装配线的有效期未满,口岸办同意广州造船厂新区码头只作为出运集装箱空箱的专用码头。

在贷款额度上的支持。广船集装箱分厂属超1000万美元创汇大户,在资金信贷上也被列为重点支持企业。在广州市统筹规划下,工商银行广州分行从1990年开始,提高了广船集装箱分厂的资金信贷限额,由原来的500万美元提高到1500万美元,有力地解决了工厂扩大经营的周转资金问题。

在企业荣誉方面的支持。广州市出口计划和退税计划同时下达,大大减轻了企业资金压力。国家的优惠政策为企业经营提供了强大的发展动力,也提出了更高的要求。在外贸活动中,广船集装箱分厂注意树立自身在国际集装箱市场上的信誉,从外贸谈判、材料采购、生产计划制订、产品质量控制到完工按期交货,一竿子负责到底。因此,合同条款执行的风险可调可控,出口的产品,质量合标准,交货及时,重合同,守

广船集装箱分厂引外资求发展实录

信用。以1988年为例,广船集装箱分厂签订大小合同200多份,合同金额超过2亿元,没有发生过重大纠纷,被广东省工商行政管理局授予"重合同守信用单位"荣誉称号,同时被广东省人民政府授予"先进企业"称号。

二、在外贸活动中,树立了广船集装箱分厂的良好信誉

▲ 1988年广州市重合同守信用单位荣誉册

企业经营活动有时也难免会受国内外政治事件的影响。1989年北京春夏之交的政治风波之后,一些西方国家借机千方百计对我国进行经济封锁和刁难。广船集装箱分厂在外贸的营销中碰到了一些难题,但经过及时应对和处理,最终没有影响到广船集装箱分厂的经营活动和企业信誉。

广船集装箱分厂计划1989年为美国ITEL公司生产800个20英尺箱,已于6月初向该公司报出9—11月每月生产600个20英尺箱的价格,并得到成交确认,合同总金额达160万美元。但是,ITEL公司于6月19日复电西域投资(香港)有限公司和广船集装箱分厂,表示要推迟该公司的生产计划,原因之一是"你们国家现状的主因不明"。160万美元的生意因此受到影响。不过,这并未影响广船集装箱分厂当年的整体经营计划。

1989年4月5日,广船集装箱分厂与奥地利奥钢联(香港)公司签订了KSCF-11-89-042号供货合同。

第六章　抓好机遇（1988.1—1993.4）

货物名称	角铸件	2400套
交货期	7月	1200套
	8月	1200套
总金额	27.24万美元（计划分二次开出信用证）	

广船集装箱分厂通过工商银行广州分行于1989年6月12日开出金额为136200美元的信用证。奥地利的通知行是维也纳奥斯达汉德银行（OSTERREIEMISC HEANDER BANK VIENNA）。该行于1989年6月18日电传广船集装箱分厂和奥钢联（香港）公司，认为交易风险大，不接受广船集装箱分厂的信用证，要奥钢联（香港）公司暂不发货。

在这种情况下，广船集装箱分厂一方面通知工商银行广州分行与奥地利通知行联系、交涉；另一方面，广船集装箱分厂立即去电奥钢联（香港）公司，向对方宣传广州的稳定形势、广船集装箱分厂的正常生产形势和广船集装箱分厂的资金信用。奥钢联（香港）公司同意说服奥地利通知行接受广船集装箱分厂信用证。经过一段时间的努力，广船集装箱分厂接到通知，奥地利通知行已经同意接受广船集装箱分厂信用证，并已准备发货。事件没有影响工厂生产计划。

中国香港某船务有限公司，是广船集装箱分厂集装箱的大买家，1989年平均每月交箱1000TEU。该公司的资金来源主要是向香港某银行贷款，1989年北京春夏之交的政治风波发生后，相关银行停止向该公司贷款。广船集装箱分厂5月份交货198个20英尺的集装箱、386个40英尺的集装箱，合计货款191万美元，且本应于6月20日前收到。由于银行资金断供该公司，广

船集装箱分厂的应收货款没有及时收到。为此，该公司相关负责人、西域投资（香港）有限公司董事长林良成和广船集装箱分厂负责人三方共同努力，从日本银行和中国香港的其他银行寻求贷款，最终化解了广船集装箱分厂资金链断裂的危机，既没有妨碍1989年广船集装箱分厂的资金周转，也不影响第二年的生产经营活动。

三、创建海关"信得过企业"

海关总署（88）署货字第341号文，关于下达《海关对信得过企业管理办法》的通知，阐述了创建海关"信得过企业"的目的、条件、申请、审批、管理和考核办法。

广船集装箱分厂材料全部从国外进口，产品全部销往国外。进口报关、验货、合同查验、出口报关、查验、核销、减免税审批等手续相当繁杂。如果按海关总署的文件精神，广船集装箱分厂能创造条件，成为海关"信得过企业"，那么，对提高进出口产品管理水平，减轻企业负担，有很多好处。

创建海关"信得过企业"的相关要求是：

（1）健全企业经营和生产管理制度，账册包括进口、出口、存货、销售等账目清楚，账货相符，满足海关规定。人员经过培训，考得证书。

（2）选择责任心强的人，担任报关员、核销员。熟悉本企业有关业务和有关海关法规。定期考核报关员、核销员的工作责任心。

（3）严格遵守海关各项规定和其他有关法纪法规，按时办理报关、纳税、报销手续，向海关提供的单据、证件准确、齐

第六章 抓好机遇（1988.1—1993.4）

全、有效。

（4）定期向海关报告工厂的管理情况。

海关对"信得过企业"给予办理业务的方便有：

（1）优先办理来料加工、进料加工、补偿贸易等合同备案登记手续。

（2）优先办理报关和验货手续。

（3）优先办理进料、件减免税审批手续。

（4）简化对其进出口货物的验关手续，实行自查、自验和海关重点查验相结合的验货制度。

经过努力，1992年，广船集装箱分厂被海关总署授予"信得过企业"，表明广船集装箱分厂的诚信和进出口管理水平迈上了一个新台阶。

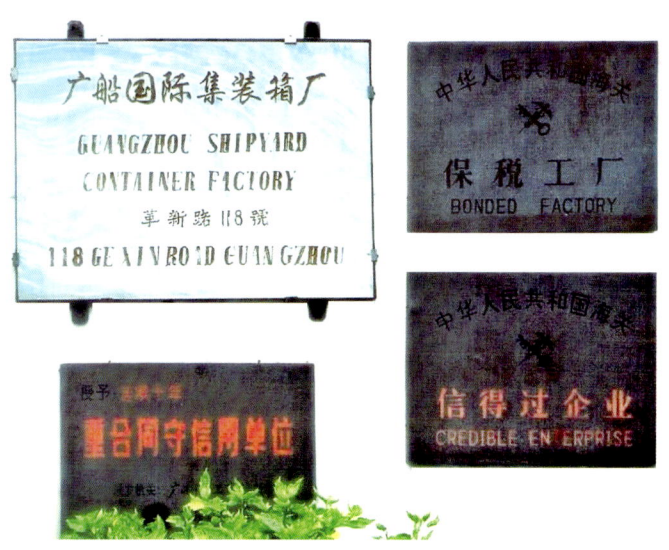

▲ 当年获得的部分荣誉

四、实行全面质量管理

广船集装箱分厂实行全面质量管理，不断提高产品质量，产品创优取得优异成绩。1990年广船集装箱分厂获中国船舶工业总公司质量管理奖。此外，还获得了以下荣誉。

▲ 1982年ISO1CC型20英尺钢质集装箱获国家银质奖

▲ 1982年ISO1CC型20英尺钢质集装箱获国家银质奖章

▲ 1986年ISO1AA型40英尺钢质集装箱获中国船舶工业总公司优质产品奖

一、国家优质产品名单（十个）

产品名称	生产单位	获奖种类
红帆牌ISO、ICC、IAA钢质通风干货集装箱	广州造船厂	金质

▲ 1989年20英尺、40英尺钢质集装箱系列产品获国家金质奖

▲ 1989年入选广州市质量工作光荣册

▲ 1989年ISO.ICC.IAA钢质集装箱获国家金质奖章

第二节
以人为本　和衷共济

广船集装箱分厂是广州造船厂的分厂,除了补偿贸易利用外资、经营管理的政策法规不同之外,党委领导下的政治思想工作和组织机构管理并没有什么不同。如果有什么差别的话,就是非常重视这项国家计委批准的利用外资项目。广州造船厂领导注意引导分厂职工,学习改革开放的方针政策,要求分厂管理层解放思想,团结和带领全厂职工,利用外资,引进国外生产技术,按合同要求在广船集装箱分厂形成集装箱生产能力,为我国运输集装箱化做出贡献。

从建厂初期开始,广船集装箱分厂管理层在外贸活动中,以身作则,不卑不亢,奉公守法,赢得了外商的尊重。在集装箱材料和产品的进出口过程中,职工遵守海关法纪法规,严格按海关操作规程搞好材料进口和产品出口的管理,保证了广船集装箱分厂进出口工作的稳妥和安全。

1983—1986年,广船集装箱分厂产品包销合同受挫,面临经营困境,全体职工同舟共济,共同克服各种困难,积极寻求生机,最终走出困境。

1987年以后,广船集装箱分厂抓好机遇,超负荷生产,多创汇多创利。

在民主管理工作中，广船集装箱分厂坚持做了几项工作：

第一，落实职工代表大会。落实职工代表大会（简称职代会）制度，是广州造船厂的传统。1987年以后，面对市场急剧变化，广船集装箱分厂职工代表大会在基层工作中发挥积极作用，促进了广船集装箱分厂各项管理目标的完成。

首先是团结广大职工，充分发挥职工的生产积极性。

在深化改革发展时期，针对本厂订单饱和、青年外来务工人员多的特点，结合生产、质量、设备维护和节能等各项指标，开展"双文明"劳动竞赛活动，提高了青年外来务工人员的生产积极性，提高了工厂的产量和经济效益。

根据新时期工会工作的职能，加强企业民主管理，抓好生产线班组建设，发挥职代会和工会小组在生产工作中的建设性作用。

分厂的经营目标、生产任务、奖励分配方案、职工生活福利、生产经营中的困难等重要问题，都如实向职工代表大会报告，听取职工代表的意见和建议，让全厂职工清楚了解当年的生产任务指标和主要困难，明白奖金分配方案，对调动全厂职工的积极性起到了重要作用。

根据广船集装箱分厂的实际情况，召开职工代表、工会组长和青年工人骨干的民主对话会议，以多种形式虚心听取职工意见，增进管理层和职工之间的相互理解，既解决了难题，又促进了团结，增强了企业管理的透明度，调动了广大职工的积极性。

召开工人代表座谈会，"背对背"听取大家对广船集装箱

分厂两个文明建设和领导班子的意见，然后反馈到领导班子，办公会议解决问题。

在生产线和基层班组，重大问题都经民主管理小组讨论通过，克服了以往线长、组长"独断专行"的现象，减少了基层职工的意见，促进了生产线和班组的民主管理。

其次是加强工厂精神文明建设，抓好职工特别是外来务工人员的教育，提高青年工人的素质，充分发挥基层工会的作用。支持青年工人业余自学、外出学习和参加各种培训。

每月四个班前半小时的学习时间，除了讲解安全生产、产品质量、生产计划之外，还适当宣讲职业道德、工作操守等。

把职工学习、民主管理、宣传教育、合理化建议、全面质量管理活动、团结互动、班组台账记录等列入"双文明"建设的考该中。每月评比，及时小结表彰，促进和提高了文明班组建设。

再次是发挥基层工会的优势，密切工会与职工群众的关系，关心职工福利，丰富职工文化生活，增强企业活力。广船集装箱分厂工会在做好日常生、老、病、退休、劳保等工作的前提下，积极为职工办好事、办实事。根据青年外来务工人员多的特点，扩建"职工之家"，内设图书室、舞厅、广播室、音响、电视等；改建职工饭堂，夏天为全厂职工免费发放各种清凉饮料；满足职工要求，积极组织节假日旅游等活动。

第二，实行任务承包分配方案。从1988年开始，国际市场集装箱需求非常旺盛。为了进一步调动全厂职工的积极性，提高企业的经济效益，广船集装箱分厂制订了1989年生产任务承包分配方案，并经1989年3月16日职工代表大会通过。

生产任务承包内容及形式是：以工段为单位对任务进行承包，再由工段包给生产线，生产线再包给工位，实行三级承包制。工资奖金分配与产品质量、设备维护保养、安全生产、文明生产、材料节约等挂钩，进行全面考核，确保各项经济指标的完成。

生产任务承包分配的构成是：

一线工人个人收入=原工资−45+（箱单价×箱数+单项奖励）÷单位实际人数。

二线工人和工位长以上人员个人收入=原工资−45+（箱单价×箱数−单项奖励）的平均数×系数。

（一）单价及计算

（1）在确保广船集装箱分厂月度生产计划完成的前提下，以当月实际产量，按23天核算平均值计算奖金。不论什么原因，未经主管领导批准修改计划，又没有完成月度生产计划的，所欠箱数，按各单位箱单价加倍从奖金中扣除。

（2）各单位40英尺箱和20英尺箱的核算比率如下：

一工段：	一线：1∶1.9
	四线：1∶2.2
二工段：	1∶1.2
三工段：	1∶1.7
五工段：	1∶1.7

各单位每箱工资单价（单位：元/TEU）

箱数\单位		1~55	56~60	61~65	66~70	71~75	76~80	81~85	86~90
一工段	一线	12.98	13.62	14.27	14.92	15.67	16.22	16.87	17.52
	四线	10.14	10.64	11.15	11.66	12.16	12.67	13.18	13.68
二工段		15.16	15.91	16.67	17.43	18.19	18.95	19.7	20.46
三工段		9.81	10.3	10.79	11.28	11.77	12.26	12.75	13.24
箱数\单位		单流水线1~11	单流水线第12	单流水线第13	单流水线第14	单流水线第15	单流水线第16	单流水线第17	单流水线第18
四工段	日班	35.18	36.93	38.69	40.45	42.21	43.97	45.73	47.49
	夜班	44.18	46.38	48.59	50.8	53.01	55.22	57.43	59.64
五工段		40.09	42.09	44.09	46.1	48.1	50.11	52.11	54.12

（二）单项奖励

（1）产量质量奖励

为健全工艺流程，严肃工艺纪律，确保产品质量，增强竞争力，设立产品质量奖励（实施方案由质管部另行制订）。

各单位产量质量奖励额（单位：元/TEU）

单位\金额\项目	一工段		二工段	三工段	四工段	五工段
	一线	四线				
质量奖励	4.253	3.323	4.967	3.216	13.045	13.134

（2）文明生产奖励

文明生产是企业管理重要环节，不可忽视，为实现生产规范化、系统化、条理化，文明又卫生，设立文明生产奖励（实施方案由后勤部另行制订）。

各单位文明生产奖励额（单位：元/TEU）

单位 金额 项目	一工段		二工段	三工段	四工段	五工段
	一线	四线				
文明生产奖励	238	196	278	180	438	294

（3）设备维护保养奖励

为使设备能更好地为生产服务，调动职工维护保养设备的积极性和主动性，减少设备因保养不善而造成不必要的损坏，设立设备维护保养奖励（实施方案由动力部另行制订）。

（4）安全生产奖励

为杜绝一切大小安全责任事故，确保安全生产，设立安全生产奖励（实施方案由安全监督小组另行制订）。

（三）生产任务承包分配细则

（1）广船集装箱分厂职工、合同工、外来务工人员、临时工等，每人均拿出45元工资参与承包分配。每月的承包收入，减去45元即为实际所得奖励。外来务工人员除减去45元工资外，还需减去原规定70元奖励基数后，再计发奖励补差。

（2）每月按23个工作日核算当月产量日平均值，按各单位

各档次单价计算经济承包。剩余时间作为转产、新产品试制、停电、设备维修保养之用,如剩余时间确实不够用时,经相关部门认可,主管领导批准,可递减工作日,再调整月产量的日平均值。

(3)实行生产任务承包不再考虑各工段定员,人员增减由工段自行决定,工段根据各自情况制订分配标准。人员的增减需提前一个月上报分厂劳动人事部。

(4)各工段的缺勤工资补偿,以工段在册人员计发,每人每天为3元,每月累计工段缺勤天数后一次计发。零星公假(经主管领导认可的)按工段平均奖励及实际天数补回给工段。

分配系数表

类型	单位或职务(工种)	系数
1	厂长	135
2	副厂长、工会主席	130
3	工长、副工长	128
4	股长、副股长、工会副主席、工程师、会计师、统计师、经济师、技师	125
5	线长、副线长、助理工程师、助理会计师、助理统计师、助理经济师	120
6	班长、副班长	115
7	一般干部(包括分厂使用干部)、检查工、工位长	110
8	钳修班、电修班、冷作班、工具维修班、维修木工班、CO工、起重运输工、汽车吊车铲车司机、交箱组、保健站	100

（续上表）

类型	单位或职务（工种）	系数
9	材料班、发电工、压缩机工、接待员	0.95
10	饭堂工作人员	0.85
11	交电稳压站	0.80
12	工具室、交通船、废旧料处理班、动力仓管员	0.70
13	护厂班、花工、小卖部	0.50
14	要求照顾、经领导批准调离原岗位属编外人员	0.40

说明：①1~5工段、工位长、线长、工长直接参加经济承包，与工段平均奖励分配挂钩。超出系数1以外部分，由分厂补给。

②二线工人的班长、线长系列，以本单位工人的基本系数为基础。

（5）除1~5工段外，各单位的零星病、事假及其他原因缺勤，其奖励全部计发给各单位。全休、旷工、事假、产假等，满一个月的不计发奖励，半休人员计发50%奖励。

（6）严格控制加班加点，1~5工段在八小时内完成的工作一律不能报加班，确实超时工作的，经主管领导批准，按实动工时报加班。每月累计加班工时后，需提高工作日计算月度产量平均值。

（7）二线生产工人及职能人员的加班加点问题，各部室应严格控制，合理安排劳动力，配合好一线生产的需要。除急修项目，抢运原材料及产品，职能人员配合二班或三班作业，又无法安排补休时可申报加班，其他一律不准报加班。以实际工时申报加班，主管领导审批后，送劳动人事部核算存案。

（8）职工家庭短期疗养、干部公休假不扣奖励。送外疗养、全脱产外出学习一个月内仍按所属系数计奖，一个月以上的，奖励按44元/人·月计发。

（9）实行计划生育人流、结扎手术的，休息期间只发12.7元/人奖励，其余出勤天数按所属系数以天计发。

（10）实行以工段考核部室的工作制度，根据各部室评分标准（另文）每月考评一次。凡达到90分以上者，按100%计奖；90分以下80分以上者，按90%计奖；80分以下者，按80%计奖。

公式：分配系数×评分系数

（11）新进厂工人（包括外来务工人员）学习期间不计工效，不补缺勤工资。上岗工作能按质按量完成生产任务者，享受所属单位奖励水平；未能按质按量完成生产任务者，工段可按其完成生产任务的百分比计发奖励。学习期定为装焊工一个月，其他工种为六天。

特殊工位及责任津贴	
顶板工位	6元/人/月
叉孔工位	5元/人/月
45#工位	20英尺箱　8元/人/月
	40英尺　12元/人/月
48#工位	20英尺　3元/人/月
	40英尺　5元/人/月
49#工位	0.2元/TEU（以质管部确认质量符合要求，美观）

（续上表）

特殊工位及责任津贴	
抛丸除锈机工	10元/人/月
清拷工	10元/人/月
喷漆工	20元/人/月
油漆执补及红外线工	7元/人/月
40吨轮式吊机	12元/人/月
15吨门式吊机	9元/人/月
15吨大铲车	9元/人/月
10吨铲车	6元/人/月

这是根据当时国际集装箱市场订单饱和、工厂超负荷生产的实际情况，总结近十年集装箱生产经验，得出的工资奖励分配方案。

第三节
抓好机遇　再接再厉

1988年，广船集装箱分厂不仅还清了建厂初期的全部投资本息，还有了一定的积蓄，压在管理层心上的重担终于被放下了。但是，广船集装箱分厂的管理层还惦记着国家计委"多创汇、多创利"的要求。

国际航运业已经复苏，集装箱市场前景看好。广船集装箱分厂采取果断措施，再次调动全厂有效资源，增加一条夜班生产线，扩大生产，增加收益。但是，广船集装箱分厂全厂面积只有4万平方米，当年建厂设计的生产能力为单班10000TEU，而1989年实际产量已超过17000TEU，周转场地相当紧张，集装箱产品无处堆放。

一、西部造船厂区建集装箱总装生产线

1988年初，充分衡量了几年内造船和集装箱市场前景之后，广州造船厂厂长任福炜决定在西部厂区腾出部分厂房，引进外资150万美元，增加一条集装箱生产线，把集装箱年产量提高到20000TEU。

1988年2月15日，广船集装箱分厂与西域投资（香港）有限

第六章　抓好机遇（1988.1—1993.4）

公司在广州签订了编号为88-CK216-01的《集装箱来料加工合同》。合同规定，港方投资150万美元，广船集装箱分厂以加工费偿还投资，有效期两年。

广东省对外经济贸易委员会于1988年4月4日以粤经贸引字〔1988〕078号文批准了上述合同。

▲ 粤经贸引字〔1988〕078号文

在广州造船厂的厂区内建集装箱生产线，曾经引起一部分职工的议论。场地拥挤，道路阻塞时有发生，更大的问题是堆场面积和码头靠泊能力严重不足，急需扩建。

为此，中国船舶工业总公司1988年12月28日以船总规〔1988〕1548号文《关于补充下达四三三厂一九八八年利用外资计划的通知》，批准广州船舶工业公司穗船规字〔1988〕第329号报告和广州造船厂（88）厂规技字第554号文，计划再次

引进150万美元,在西部厂区扩大码头和堆场,加开西部生产线夜班,把全厂的集装箱生产能力提高到24000TEU。这一规划得到国家计委的批准。

在一年中,广船集装箱分厂两次利用外资,短期内白班管理达标后又开夜班,每年计划增加9000TEU产量,难度实在不小。这样的速度给广船集装箱分厂带来诸多管理问题。

比如,总装线在西部厂区,而集装箱零部件在东部厂区加工装焊,用驳船运往西部厂区,路上难免相互碰撞,损坏变形时有发生。管理人员办公在东部,生产线在西部,施工时发生问题难以及时处理,箱主验箱代表意见大。产品质量是大问题,尤其是开夜班,质量验收问题多,难以达到质量标准和目标产量,有些箱主下单时,要求不在西部厂区生产。广船集装箱分厂1980年建成试产时,每个工位都有老装配工或老焊工,他们都起骨干作用,而且经过四个月试产才正式投产。现在西部厂区建总装生产线,虽然每个工位都有造船工人,但在短期内要达到箱主的验收标准难度很大。

集装箱制造厂是劳动密集型企业,除了板材剪切、型材冲压、自动焊拼板、部件除锈喷漆等工位采用机械操作之外,绝大部分工序,如部件组装、总装合成、地板安装,全采用手工操作。在打沙间和喷漆间工作的工人要戴防护面具,穿防护衣,进行抛丸除锈喷漆,要达到指定的粗糙度和指定的漆膜厚度。环境差,劳动强度大,要保证质量稳定,即要求工人在指定的时间内,按质按量完成生产指标,则不仅要工人技术熟练、有责任心,还要有严格的制度约束。

广船集装箱分厂按国际标准和买主的技术条件生产,按国际集装箱质量标准进行管理，千方百计按客户的要求改进产品质量。在国际集装箱制造业中，箱体结构质量保证期为一年，油漆和铭牌标志保证期为三年（个别买家要求五年）。在生产过程中，箱主代表始终对产品质量进行严格的检查，完工的产品要验收，生产过程中的质量控制也要买主认可。完工后，产品的一些质量问题很难修复，所以关键是在生产过程中把质量控制好。一些对产品质量比较挑剔的箱主，对生产过程中的质量控制不满意时，往往立即要求生产线降低生产速度，甚至要暂停生产，直到缺陷被修正为止。每个箱主对生产过程中的每个工序都有自己特定要求，稍不如意，他们就有可能在最后的验收单证上拒绝签字。订单内每个集装箱都由箱主代表签收，是付款的必要条件。

广船西部厂区总装线，在生产初期有不少问题。箱主代表回到东部办公室就来投诉。

总装线的工人经过几个月的实践，在质量和管理上都有较大改进。1989年以后，珠江三角洲地区对集装箱的需求很旺盛，而且广船集装箱分厂的买主多是老客户，所以，验箱、收箱工作能够克服困难，没有拖订单交货的后腿。但是，西部总装线夜班生产的产量达标困难重重。在造船场地造箱，终究只是临时措施。

二、东部生产线提高质量和经济效益

在西部生产线加紧建设过程中，东部生产线也在加紧挖掘潜力扩大产能，开拓经营，提高产量和经济效益。

1989年广船集装箱分厂来了几个大客户，其一是中国

广船集装箱分厂引外资求发展实录

香港惠航船务有限公司，这是中国远洋运输公司的下属中国香港中资机构，该公司1989年初计划在广船集装箱分厂订购12000TEU，广船集装箱分厂先确认该公司1989年全年购箱数，分期分批签订合同，每4个月签1份合同，全年共签3份合同。不同时期不同价格，随国际市场材料价格变动。该公司随后还追加了订单，其中：

1989年	订购	13831TEU
1990年	订购	13054TEU
1991年	订购	6000TEU

中国香港惠航船务有限公司在三年内平均每年采购10962TEU，是个大买主。

▲ 中国香港惠航船务有限公司订购的集装箱

其二是美国一家新的租箱公司，MATSON有限责任公司，原美国CTI公司副总裁葛特逊先生担任该公司总裁，从1989年开始与广船集装箱分厂进行合作。

▲ 准备进行强度试验的MASTON公司订购的新箱

▲ 中国代表团与MATSON公司葛特逊先生在其办公室留影

美国Matson公司1989—1991年的订单：

1989年	订购	1400TEU
1990年	订购	7800TEU
1991年	订购	11400TEU

此外，还有中国台湾船公司OOCL，租箱公司ITEL、TIPHOOK等，几家都是新公司，技术标准、质量要求等方面的区别较大，对广船集装箱分厂的生产线管理提出了新的要求。

1989年6月，广州造船厂副厂长周永根到广船集装箱分厂检查生产指标完成情况。他对分厂负责人说，这几年造船的经营有困难，希望广船集装箱分厂抓好机遇，创造更好的经济效益，过了这几年，就好办了。老厂长鼓励广船集装箱分厂从大局出发，全厂一盘棋，苦干加巧干，争取更好的经济效益。

订单比较充足时，挖潜增产一直是广船集装箱分厂的重要课题。广船集装箱分厂的集装箱产量每年递增3000~4000TEU，相当于每年增加一个小型集装箱厂，而投资不多，主要靠管理，靠调动职工的干劲和潜能。广船集装箱分厂原设计生产能力为单班年产10000TEU，到1991年不计西部厂区，其产量已超过20000TEU。劳动生产率大幅提升，经济效益大幅增长。

潜力哪里来？工厂靠的是管理，在流水生产线实行"复合工种、快节奏"劳动！

1. 复合工种是快节奏、高效率的基本要求

建厂初期，在核定外方的工位设置、定员定编的方案时，广船集装箱分厂就感觉到，国外对实行复合工种、提高劳动效率很重视。例如，行车全部在地上操作，不设专职起重工。实践一段时间后，广船集装箱分厂管理层对各工位的职责和定员进行了修改、补充和调整，使各个工位的生产频率基本一致。原设计单班年产10000TEU，平均每天33TEU，出箱频率为每48分钟1个20英尺箱。

凡有焊接的工位，不设专职装配工，而设置装焊工，又装又焊，其职责范围还包括零部件和半成品的吊运和行车操作。工位定员一工多能，全部称"装焊工"。按原设计的工序频率要求，48分钟内按质按量完成整个工位的操作。开工时间无闲人。

负责工厂管理的职能部室，其设置和人员安排，坚持两个原则，一是层次少，二是复合工作。广船集装箱分厂管理层认为，工作任务不饱满，安排不合理，易导致作风散漫、人浮于事。管理人员会影响工人，工人会互相影响。分厂按复合工种安排生产，实行快节奏劳动，使得一个20英尺箱的出箱时间，由48分钟，逐渐减少到30分钟左右。

2. 重合同守信用，是快节奏、高效率的推动力

订单多，交货时间紧，是压力也是推动力。按国际集装箱市场惯例，不按时交货要罚款，每个20英尺集装箱每天罚3美元，每个40英尺集装箱每天罚5美元。电力供应紧张时，白天班干不了，就开深夜班避峰生产。主管领导必须清楚，当天的生产箱数、验收箱数、运出箱数、库存箱数，以及影响生产的主要原因。

3. 产品质量，是快节奏、高效率的前提

广船集装箱分厂按国际集装箱标准和箱主的技术条件进行设计和生产。每个箱在生产过程中都经过箱主代表的严格检验。生产线上外来务工人员多，生产节奏快了，就容易出现质量问题，返工多就影响生产进度。

广船集装箱分厂面积小，场地周转要快。如果生产过程产品质量控制不好，产成品缺陷多，箱主代表的验收进度就慢下来，场地周转不灵，也会影响产量的提高。广船集装箱分厂的

出口营销目标要求,始终把质量放在首位。由于广船集装箱分厂不断开展质量意识的宣传教育,职工明白快节奏、高效率要以高质量为前提。"没有质量就没有产量"。

4. 后勤保障,是快节奏、高效率的基础

材料的及时供应和保证设备的正常运转是两个重要基础。

生产集装箱的主要原材料和配件,90%靠进口。从1989年1月开始,分厂以出口基地自营进出口企业的优惠条件进料加工,两头在外。由于产量增大,箱主增多,每家箱主要求的技术条件不一样,钢材牌号、规格、尺寸都不尽相同,广船集装箱分厂每年通过中国五金矿产进出口总公司分两批进口钢材。广船集装箱分厂提出进口计划时,往往订单还未到手,掌握不好的话,容易造成积压,甚至会发生停工待料、借料或紧急购料等情况。保证材料的及时供应,才能保证生产的快节奏。还好,广船集装箱分厂没有发生因计划不周使材料供应不及时而停产或不能按时交货的状况。

动力设备比较残旧是影响工厂快节奏生产的主要困难之一。设备大修只能在春节放假停产期间进行。平时,多数是发生故障时停台修理。为了保证快节奏生产,抢修时间越短越好,随叫随修,中午和晚上修理是常事。广船集装箱分厂动力管理部门,为做好设备保养,实行区域负责和分类负责相结合,重点设备重点保护,设备保养周检自评、月度考核等措施,将停台故障次数控制到最低限度。但是,影响生产的客观因素是经常有的,只有千方百计抢进度,才能保证生产线正常运转。

5. 人的因素是快节奏、高效率的保证

广船集装箱分厂经过多年的生产实践,从原造船技工和技术人员中，培养和造就了一批集装箱设计和生产的技术人才、管理人才和职工队伍。他们是广船集装箱分厂的骨干力量。生产第一线的编制是工段、生产线、工位。大的工位10多人，大的生产线120人，最大的工段近300人。总装线是流水线，但组装和加工按区域划分，与总装线按生产计划衔接，要协调也要相互间主动配合，前一个工序要保证后一个工序的需要。实践证明，哪条生产线骨干力量强，哪条生产线的生产就能保持均衡的快节奏运行。

广船集装箱分厂每年都利用春节停产这段时间，对青年外来务工人员进行多方面的教育和培训，逐步提高他们的主人翁责任感，激发他们快节奏劳动的积极性。

> 广船集装箱分厂生产线第10万个TEU集装箱出厂时间
> 1990年9月28日10时16分
> 箱号ITLU830143⑧
> 美国租箱公司ITEL Container Corp. International 20英尺箱

从1988—1992年的五年间，广船集装箱分厂抓好机遇，再接再厉，生产快节奏、高效率，实现了国家计委的要求和期望，多创汇，多创利。

1980—1992年集装箱出口量、合同收入、利润统计表

年度	出口量（TEU）	合同收入金额（美元）	利润（万元）	备注
1980年	450	202500	0	加工费

（续上表）

年度	出口量（TEU）	合同收入金额（美元）	利润（万元）	备注
1981年	8250	3960000	105.92	加工费
1982年	13000	6240000	668.04	加工费
1983年	4620	2217600	207.10	
1984年	3365	5241200	136.72	
1985年	7527	12205730	299.74	
1986年	2180	3409615	195.54	
1987年	11800	21729800	564.07	
1988年	14900	26839550	906.19	
1989年	17431	42954977	1900	
1990年	24754	57012809	3579	
1991年	30327	67454029	11322	
1992年	25971	54187000	7709	
合计	164585	303654810	27593.32	12620100（美元）

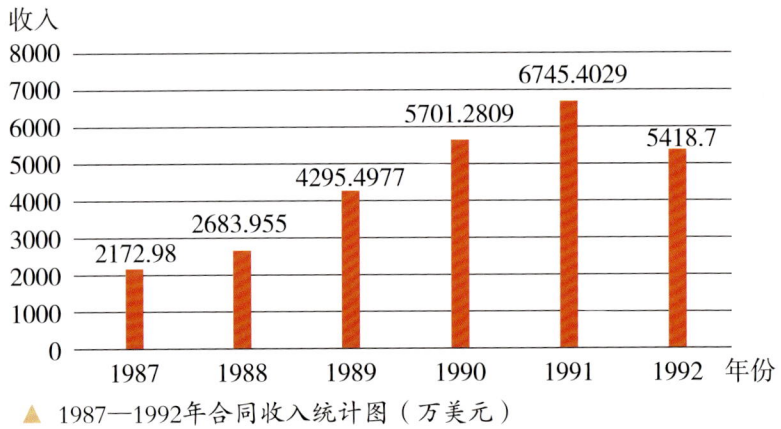

▲ 1987—1992年合同收入统计图（万美元）

第六章 抓好机遇（1988.1—1993.4）

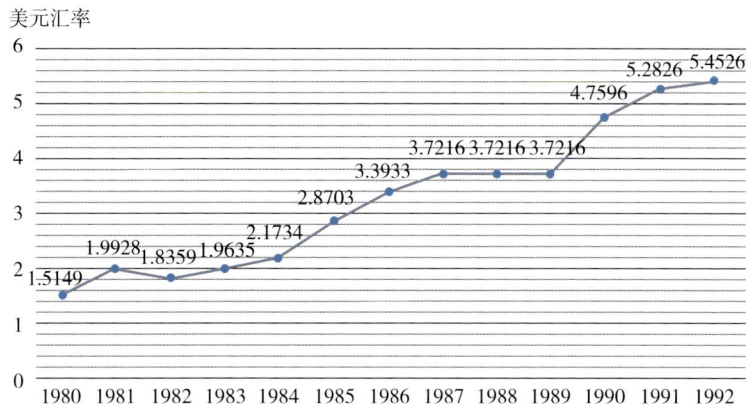

▲ 美元兑换人民币汇率图（全年平均）

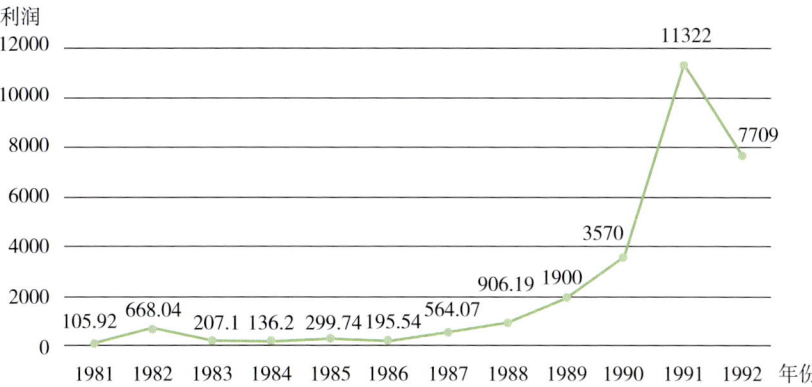

▲ 1981—1992年历年创利图（万元）

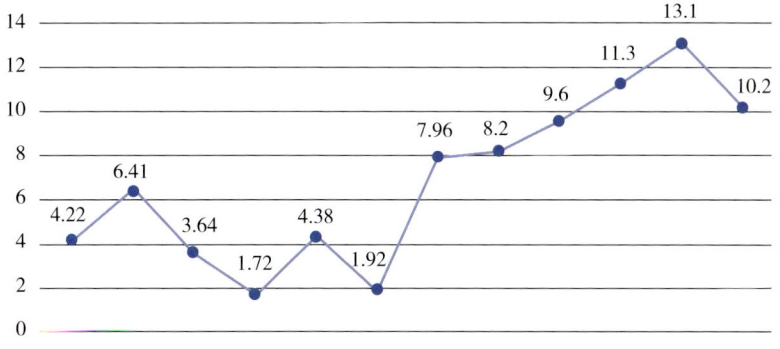

▲ 1981—1992年人均劳动生产率图（不变价，万元/人、年）

227

广船集装箱分厂引外资求发展实录

据统计，1992年国际集装箱市场价格平均下降了10%，但广船集装箱分厂经过目标成本管理，大幅降低了材料成本和生产成本，获得利润7709万元，为确保广州造船厂1992年"保五争亿"的奋斗目标，为实现广州造船厂股票在香港和上海成功上市做出了贡献。

然而，也有遗憾。一个是铝质冷藏箱"借船出海"计划没有获得批准，冷藏箱新产品开发项目徒劳无功。另一个是集装箱制造业在造船系统中不是主业，广船集装箱分厂缺乏做大做强的环境。

▲ 广船集装箱分厂生产的集装箱在码头等待运出

第四节
市场乱象　居安思危

物极必反。始于1982年下半年的不景气的航运业，经过近五年的挣扎和磨难，终于在1987年看到了光明。国际经济贸易越来越活跃，太平洋航线日趋兴旺。欧洲至远东的贸易往来急剧发展，货运剧增。各地主要集装箱租赁公司以及欧亚远洋运输公司，特别是中国远洋运输公司船队，掀起了"购箱浪潮"，亚太地区对20英尺标准箱和40英尺标准箱的需求持续上升。

一、市场乱象

据统计，1988年全球集装箱制造厂的产销量约为65万TEU，其中亚洲集装箱制造厂产销量约为46万TEU，占全球的70.8%。我国80年代有四家集装箱生产厂，其中广东三家，上海一家。1988年全国集装箱产销量不到全球的5%，其中广船集装箱分厂产销量15000TEU，占我国当年产量的60%。韩国和中国台湾集装箱厂的产销量占全球的65%以上。

从以上数据中可以看出，中国集装箱工业的发展空间还很大。眼光敏锐的港台商人，联合内地（大陆）的地方政府部

门,行动迅速,掀起了一波盲目引进、重复建设集装箱生产厂的浪潮。有些厂是重金从海外搬进来的旧生产线;有些厂是高价买来的简陋设备。当然,也有改进的新生产线,但不多。以下是行业统计数字(不计中国台湾):

1992年前建成投产的集装箱新厂
12家,其中
大连	1家
天津	3家
江苏	3家
青岛	2家
上海	1家
其他地区	2家
	合计12家

1992年在建但未投产的新厂
24家,其中
大连	4家
天津	2家
青岛	1家
上海	6家
江苏	3家
广东	6家
其他地区	2家
	合计24家

第六章 抓好机遇（1988.1—1993.4）

  如果这些厂都建成投产的话，1995年初产量70万TEU，年底生产能力将达120万TEU。显然，短期内冒出那么多集装箱厂，产能远远超出市场的需求，不仅浪费国家宝贵的外汇，而且会给国际集装箱市场造成强大的冲击，这一点在1990年就开始显现。根据国外集装箱运输研究部门的资料，1991年全世界集装箱制造厂的生产能力80万TEU，而市场需求只有70万TEU。供求极不平衡，导致集装箱市场的激烈竞争。从1990年下半年开始，广船集装箱分厂就受到强大的降价压力，其中1991年降价幅度最大。

  这些新建的集装箱厂，从1989年底到1990年相继投产。新厂承接订单越来越困难，真正经营成功的是极少数，多数是盲目引进。

  我国集装箱工业出现这种局面，究其原因是：

  20世纪80年代末，集装箱市场好转，短期需求旺盛。但集装箱制造业在我国是新兴行业，未被地方乃至中央计划部门纳入国家工业发展统筹规划，所以哪里申请就由哪里审批。而新投资者，包括有些审批部门，完全不了解集装箱产销行业的特殊性和国际贸易背景；不了解国际集装箱市场结构，以及集装箱租赁企业和远洋运输企业的经营规律；不知道集装箱产品完全不是一般的工业品，不能随意向社会市场投放。然而，我国当年的某些新厂家，在投资建厂之前，总以为找到外商合作，有资金有技术，集装箱厂建成后就能获利。某些政府部门审批时，只看创汇、创利指标，就轻易批准了。一些市县的外经部门，出于地区利益和完成计划任务的考虑，将引进外资扩大化，没有对项目的发展前途深入研究探讨，导致有些新厂盲目

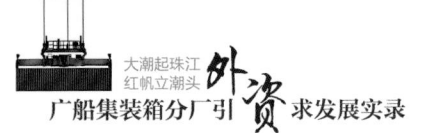

选址兴建,而它们的地理位置根本就不适合经营集装箱生产。集装箱是装货的运输设备,对生产厂所在区域货物出口的新箱需求,工厂到港口码头距离、运输成本等,都要有可行性分析。一个20英尺国际标准箱,体积38.5立方米;一个40英尺国际标准箱,体积77立方米。箱主收箱之后,空箱运输、起吊、在堆场堆放等,都要花钱。因此如果没有租出去的预期,或者没有自用的计划,箱主是不买箱的。

另一个问题体现在合资建厂方面。一些厂家不熟悉业务,外方占股不多,在提供技术的幌子下,卖设备给合资厂,大捞一笔。有些厂家,不懂集装箱技术,片面听取外商游说,从国外买旧生产线进来。建厂完成后,外商借提供材料和部件之机,又从中捞一把。还有个别合资企业,外商招摇撞骗,中途违约,不履行合同条款,不及时投入资金,不负责产品经销,导致工厂半死不活、负债累累。

曾有一段时间,合资合作建集装箱新厂,为了获得政府部门的批准,请客送礼,不择手段。从20世纪80年代末到90年代末的十多年间,集装箱盲目引进、重复建设的状况,就是一个"乱"字。

日本集装箱厂在20世纪70年代至80年代前期产量大,韩国和中国台湾的集装箱厂在20世纪80年代后期产量大,那是因为当年日本、韩国和中国台湾的出口货物量相当大,箱主在那里买箱有营运成本优势,可以赚到钱。1990年代初期中国大陆出口货物有限,港口吞吐量不大,根本不需要那么多集装箱厂。

二、谋求突围

我国集装箱厂的重复建设已成现实,残酷的市场竞争,迫使广船集装箱分厂这样的"先行者"居安思危,采取相应的突围措施。

1. 进一步巩固广船集装箱分厂在国际市场的地位

广船集装箱分厂是一个有十多年工作经验的"老厂"了,面对激烈、混乱的市场竞争,不仅要发扬自己的优势和长处,还要正视和改进自己的不足和缺陷。广船集装箱分厂要让箱主知道,广船集装箱分厂为提高自己的竞争力,正在提高产品质量和服务质量方面做工作,争取给箱主一个好印象。

市场竞争越激烈,箱主对产品质量的要求就越挑剔,但广船集装箱分厂的设备比较残旧,场地比较小,客观上会给箱主较差的印象。但广船集装箱分厂管理层注重职工的质量意识教育,改进施工工艺,以工人的勤奋和耐心弥补设备老化的不足,赢取了箱主的信任和好评。

除了产品质量之外,还要注意工厂的服务质量,让客户满意。

一是交货及时。集装箱订单按月批量交货,月初交货可以,月底交货也行。箱主的出租生意比较好时,会提出提前交货。这时如果工厂满足不了他们的要求,也不算违约;如果满足了箱主的要求,不让顾客失望,工厂就有好声誉。箱主的生意好,工厂的生意才好。所以,在集装箱市场需求旺盛的时候,安排生产计划就要有提前交货的预期。

二是灵活应变。市场变化莫测,广船集装箱分厂决定要

提高随机应变的能力。箱主想增加订单,要马上想办法满足,能做到的,马上组织材料加班生产;做不到的,和箱主好好解释。

三是帮助箱主解决困难,开拓用箱市场。1990年某箱主需要在广州黄埔区和蛇口交货,但要得到海关的认可,还要找到合适的代理人。外国箱主对国内情况不熟悉,广船集装箱分厂主动帮助箱主与海关联系,最终得到海关的支持和帮助。广船集装箱分厂的努力受到箱主的称赞。事实上,箱主也注重朋友关系,帮助总是相互的。

2. 及时做好产品的技术储备,提高产品的系列化水平

国际集装箱市场最流行的品种规格,是20英尺和40英尺钢质干货集装箱,而箱高最通用的是8英尺6英寸。但1990年代初,箱高有向9英尺6英寸发展的趋势。1991年5月15—17日在韩国首尔召开的国际标准化组织ISO/TC104集装箱技术委员会第十六次会上,9英尺6英寸高的高型箱已被纳入第一系列国际集装箱ISO668新标准中。这种尺寸的集装箱在当年有一定的市场。为此,广船集装箱分厂决定修改工艺装备,先改一条40英尺生产线和强度试验装置。1991年10月份全部图纸完工,年底全部模具制作完成,1992年1月开始具备生产能力,3月份开始交货。以往,一些买主的询价单,往往都有20英尺、40英尺以及40英尺长、9英尺6英寸高三种规格,要求一揽子报价。那时广船集装箱分厂由于未生产40英尺长、9英尺6英寸高的高集装箱而失去投标的机会。广船集装箱分厂成功改造40英尺长、9英尺6英寸高集装箱生产设备后,订单来源扩大很多。

不同买家,其集装箱的技术条件各不相同。至1991年为止,

广船集装箱分厂为不同的客户设计过80多种规格型号的ISO国际标准集装箱图纸,其中有一半已成商品。广船集装箱分厂在产品规格的系列化和产品品种的多样化方面,做了系统的工作,提高了经营的应变能力,提高了广船集装箱分厂的竞争能力。

3. 管控好交货成本费用

集装箱价格随国际航运业务的兴衰而波动,也随地区的供求关系而变动,多数厂家都随行就市,但厂家的利润丰厚程度就大不相同了。在广船集装箱分厂建厂初期,美国人选中广州造船厂东部工地的原因之一,就是广州与香港之间的运输成本较低,但在深圳特区和珠海特区成立之后,这一方面的优势消失了,广州至香港的运输成本甚至大大削弱了广船集装箱分厂的竞争力。

运费报价

广船集装箱分厂至香港、珠海、蛇口、赤湾

每个20英尺箱	95美元
每个40英尺箱	140美元
每个40英尺超高箱	168美元
每个45英尺超高箱	195美元

广船集装箱分厂至盐田

每个20英尺箱	110美元
每个40英尺箱	165美元
每个40英尺超高箱	200美元

广船集装箱分厂至江门、中山
  每个20英尺箱   45美元
  每个40英尺箱   70美元
  每个40英尺超高箱   84美元

广船集装箱分厂至南海、顺德
  每个20英尺箱   35美元
  每个40英尺箱   60美元
  每个40英尺超高箱   72美元

广船集装箱分厂至黄埔港
  每个20英尺箱   45美元
  每个40英尺箱   65美元
  每个40英尺超高箱   78美元

广船集装箱分厂至厦门
  每个20英尺箱   180美元
  每个40英尺箱   350美元
  每个40英尺超高箱   350美元

广船集装箱分厂至福州
  每个20英尺箱   205美元
  每个40英尺箱   390美元
  每个40英尺超高箱   390美元

  以上从广船集装箱分厂到江门、中山、南海、顺德的运费，只包括将箱运至目的港的费用，不包括吊箱上岸等码头费用。

到香港有关费用报价

装卸船费

  每个20英尺箱   100港元

  每个40英尺箱   150港元

  每个45英尺箱   170港元

港务费

  每个20英尺箱   100港元

  每个40英尺箱   200港元

  每个45英尺箱   200港元

卫检费

  每个20英尺箱   40港元

  每个40英尺箱   80港元

  每个45英尺箱   80港元

箱主在香港屯门永康堆场存放集装箱（较便宜）的报价

码头费

  每个20英尺箱   60港元

  每个40英尺箱   90港元

拖运费（从码头至堆场）

  每个20英尺箱   570港元+420港元回程

  每个40英尺箱   1050港元+830港元回程

进出堆场的装卸费

  每个20英尺箱   每次100港元

  每个40英尺箱   每次150港元

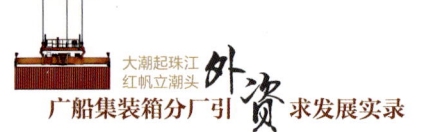

堆存费

  每个20英尺箱   每天4港元

  每个40英尺箱   每天8港元

  费用分析以堆存60天计算

  每个20英尺箱，箱主到堆场拖箱的费用是125美元（按当时汇率换算）；将箱送到箱主指定的地方是192美元（按当时汇率换算）。每个40英尺箱，箱主到堆场拖箱的费用是229美元（按当时汇率换算）；将箱运到箱主指定地方是355美元（按当时汇率换算）

  交箱成本费用是集装箱成本的重要组成部分，是集装箱生产的竞争力。20世纪90年代初期，广船集装箱分厂就开始酝酿成立合资运输公司，把新产的集装箱运往珠江三角洲各地，既可以服务箱主，又可以提高经济效益。

  4. 加强工厂的材料费用和生产成本控制，引进市场竞争，微利经营

  在集装箱价格大幅降低时，材料价格不一定都以相同的幅度下降。钢材是中国五金矿产进出口总公司购买的新日铁产品，很难降价。剩下的20多项材料和部件，才是工厂采购的降价目标。

  除了日本钢材之外，广船集装箱分厂要求全部材料CIF广船集装箱分厂交货，验收后签单付款，既安全又保证质量。广船集装箱分厂代表大刀阔斧地砍价，收费高的大公司都在竞争中被挤出供应商行列。通过精打细算，20多项集装箱材料如果平均每项降低0.5美元，一年下来就可以省下100多万元人民币的材

第六章 抓好机遇（1988.1—1993.4）

料费。

在原材料采购中，广船集装箱分厂代表广开门路，多种途径寻找货源。在激烈的市场竞争中，在保证质量的前提下，信誉较好、成本较低、收手续费较低的香港中间商，逐步成为广船集装箱分厂的骨干供应商。其中，香港海宇贸易有限公司对广船集装箱分厂的材料供应起到了较大的成本价格调节作用。

香港海宇贸易有限公司，从1982年开始就与广船集装箱分厂有生意来往，起初是帮助广船集装箱分厂维护通讯设备FAX传真机，随后是解决广船集装箱分厂紧缺但量小的材料和机器零部件的购买问题。因信誉好，香港海宇贸易有限公司与广船集装箱分厂的合作逐步做大。

▲ 广船集装箱分厂代表与香港海宇贸易有限公司董事长徐仕伟先生（左三）合影

在过去5年中，广船集装箱分厂一直致力于集装箱材料国产化，但成效不大。广船集装箱分厂认为，材料国产化才是降低

成本、提高国际竞争力的根本，也是今后的努力方向。

5. 及时进行生产线升级改造

广船集装箱分厂建厂已超过10年，设备陈旧，每年都需要进口各类型号机械的零部件，供生产线维修保养和更换的需求。但是，特定型号的机械零部件，不是想买就能买到的。厂商原来的联系人变了，通讯地址也变了，而且，广船集装箱分厂购买的数量有限，价值不高，还要办理进口许可证，这都给采购造成困难。人员出国手续繁杂，向外商购买则容易出现"大鸡不吃细米"的情况。

后来，材料供应商香港海宇贸易有限公司，把购买机械备件一事承接下来，提供的价格也很合理。广船集装箱分厂需要机械备件时就做个计划，经批准后，香港海宇贸易有限公司会将零部件送到广船集装箱分厂。该公司成了服务型的材料及机械零部件供应商。

广船集装箱分厂面积狭小，4万平方米面积，周边是居民区。经过扩建码头和交货平台之后，其生产能力提高1倍，但空间狭小仍然难以周转。广船集装箱分厂曾在番禺一带试图寻找适合建厂的地块，但最后广州造船厂领导否定了外迁方案，决定在西部厂区扩建。经再三研究，广船集装箱分厂组织工程技术人员，对生产线进行重新评估，统一规划，重新布置，把建厂初期美国人设计的四条流水线（两条20英尺线，两条40英尺线），改造成两条加长生产线，既可生产20英尺箱，又可生产40英尺箱。此外，广船集装箱分厂还在西部厂区新建一条钢材预处理流水线和一个材料仓库，整体生产工艺作了较大改变。改造后的生产线具有20世纪90年代的先进水平，产量保持不变，但劳动力可节约15%左右。

1992年2月29日中国船舶工业总公司，以船总计〔1992〕386号文《关于同意广州造船厂利用外资改造钢质集装箱生产线的批复》发给广州造船厂。

▲ 船总计〔1992〕386号文

项目名称：广州造船厂钢质集装箱生产线改造工程。

改造原则：以广船集装箱分厂现有条件，针对生产中（包括环境保护）的薄弱环节，进行必要的改造和建设。

改造纲领：改造后的生产能力（单班）由20000TEU提高到25000TEU。

主要改造内容（西部厂区为主）：

（1）交货码头接长110米。

（2）交货（堆箱）平台扩建2500平方米。

（3）新增集装箱运输驳船一艘。

（4）引进部分设备。

投资及资金来源：

利用外资280万美元（计1700万元人民币），其中130万美元（计800万元人民币）用于码头和交货平台的扩建，其余150万美元（计900万元人民币）用于引进关键设备及采购备用件。

外资280万美元由集装箱分厂以补偿贸易方式偿还。

生产线升级改造，广船集装箱分厂利用集装箱生产淡季进行，从1992年12月份开始，经过3个多月紧张而有序的拆、迁和改造工作，于1993年3月底完工。

停产期间，除了生产线改造之外，广船集装箱分厂还组织职工分期分批培训学习，加强产品质量和服务质量教育、安全生产教育、生产经营成本教育，预期把广船集装箱分厂的管理水平提高到一个新台阶。

1993年3月30日，广州造船厂在东方宾馆八楼，隆重庆祝集装箱生产线改造落成，美国Genstar公司、中国香港惠航船务有限公司等到会庆贺。

▲ 广船集装箱分厂西部厂区俯视图

第六章 抓好机遇（1988.1—1993.4）

▲ 广船集装箱分厂更新改造落成典礼

▲ 更新改造落成典礼后，广船集装箱分厂管理层合影

　　1993年5月，广船集装箱分厂随广州造船厂在香港交易所成功上市，股票代码HK037。

　　1993年9月，广船集装箱分厂随广州造船厂在上海证券交易所成功上市，股票代码600685。上市后，广船集装箱分厂改名为广船国际股份有限公司集装箱事业部，开启了集装箱生产新历程。

附录

附录一 补偿贸易引进主要设备表

序号	设备名称	数量	价值（美元）
1	轻型钢结构主厂房	15189平方米	2149003.00
2	轻型钢结构付厂房	2787平方米	393043.42
3	二氧化碳保护焊机	250台	439037.14
4	二氧化碳保护自动焊机	10台	73770.00
5	空气压缩机	1台	19154.87
6	空气压缩机	1台	30924.00
7	空气压缩机	1台	11075.00
8	空气压缩机	1台	11075.00
9	集装箱产品试验台	1台	55112.23
10	拖车CW50GTL	2台	43218.12
11	载货卡车HINO5t	3台	24433.50
12	集装箱车架40英尺	2台	16816.38
13	小客车CROWN	1台	5568.48
14	中客车HTACE	1台	4253.02
15	大客车COASTER	1台	7970.03
16	铲车10t	2台	35346.16
17	铲车25000Lb	2台	134954.40
18	铲车4t	14台	123711.28

（续上表）

序号	设备名称	数量	价值（美元）
19	定长剪切线	1条	649797.82
20	压床100t	1台	32892.17
21	压床K600-20	1台	158015.00
22	压床K600-20	1台	158015.00
23	压床K200-12	1台	59500.96
24	压床K300-12	1台	80382.24
25	压床K400-12	1台	91884.50
26	剪床1025	1台	39091.20
27	剪床1050	1台	74514.72
28	金属带锯机12"	1台	13492.36
29	过头传送带4"×400Lb	1条	28554.32
30	过头传送带4"×400Lb	1条	25884.32
31	升降工作台5t	7台	46082.89
32	抛丸除锈机	2台	691264.30
33	手动喷漆房	1间	35140.15
34	自动喷漆房	1间	46853.54
35	红外线烘干炉排	2架	23426.76
36	34英尺喷漆间	2间	70280.32
37	54英尺喷漆间	2间	81992.70
38	40英尺烘干间	2间	117133.86
39	60英尺烘干间	2间	128847.30

（续上表）

序号	设备名称	数量	价值（美元）
40	20英尺底部喷漆间	2间	35140.14
41	40英尺底部喷漆间	2间	35140.14
42	桥式行车10t	2台	81391.68
43	单梁行车5t	12台	244175.04
44	单梁行车2t	17台	131817.83
45	悬臂吊车2t	12台	62031.96
46	轮胎吊机40t	1台	207904.80
47	侧铲车10000Lb	1台	54601.70
48	压床400t	1台	102005.00
49	压床300t	1台	79931.00
50	压床200t	1台	68634.00
51	铲车7t	1台	53490.00
52	20～40英尺集装箱吊架	2台	18000.00
53	二氧化碳保护焊机	30台	54667.00
54	全套工装设备	1套	1176249.70
55	工具及备件	若干	385000.00
56	工具、模具	若干	35000.00
57	设备补充备件	若干	295000.00
58	铲车	1辆	820250.00
59	空压机PV125	1台	128575.00
60	空压机PV125	1台	114673.00

（续上表）

序号	设备名称	数量	价值（美元）
61	空压机SSR2000	1台	199559.00
62	空压机SSR2000	1台	233757.00
总计		9354581.00美元	

说明：本表所列，是1985年底原合同结束时总值935.46万美元的设备。建厂初期引进设备的总值是834.79万美元。

附录二 中英文人名对照

1. 戴维·L.福克斯先生（MR.DAVID L. FOX）
2. 葛特逊先生（MR. F. M. GUTTERSON）
3. 史密斯先生（MR. J. A. SMITH）
4. 孔兹先生（MR. T. J. KUNZ）
5. 伯托利尼先生（MR. W. M. BERTOLINI）
6. 林良成先生（MR. CHARLES L. S. LAM）
7. 周自强先生（MR. C. K. CHOW）
8. 艾希先生（MR. R. H. ASH）
9. 马田·米德尔顿先生（MR. MARTIN H. MIDLETON）
10. 刘哲孟先生（MR. JERMA N. LAW）
11. 吕玉堂先生（MR. PATRICK Y. T. LUI）
12. 李国华先生（MR. EDWARD K. LEE）
13. 杨伟雄先生（MR. JOHNNY YEUNG）

附录三　船公司名称中英文对照及简称

1. 中国远洋运输公司

China Ocean Shipping Company（简称COSCO）

2. 惠航船务有限公司

Fairbreeze Shipping Co., Ltd.（简称FBZ）

3. 美国总统轮船公司

American President Lines（简称APL）

4. 美国轮船公司

United States Lines（简称USL）

5. 东方海外货柜航运有限公司

Orient Overseas Container Line Ltd.（简称OOCL）

6. 马士基船公司

Maersk Ltd.（简称Msersk）

7. 日本邮船株式会社

NYK Line（简称NYK）

附录四 20世纪80年代主要租箱公司简称

1. Container Transpost International Inc.（简称CTI）
2. Transamerica Ics Inc.（简称ICS）
3. Trans Ocean Leasing Corp.（简称TOL）
4. Sea Containers Ltd（简称Seaco）
5. Intermodel Equipment Associates（简称IEA）
6. Itel Containes Corp. International（简称Itel）
7. Tiphook Containes Rental Company Ltd.（简称Tlphook）
8. Genstar Container Corporation（简称Genstar）
9. Matson Leasing Company（简称matson）
10. Uni–Flex Container（简称Uni-Flex）
11. Flex–Van Leasing Inc.（简称Flex-Van）
12. Triton Container International Inc.（简称Triton）
13. Interpool Ltd.（简称Interpool）
14. Textaines Equipment Management Ltd.（简称Textainer）
15. Xtrz International Ltd.（简称Xtra）

附录五 集装箱材料主要供应商（部分）

一、英国

1. 角铸件生产商

George Blair & Co., Ltd.（简称Blair）

2. 集装箱门锁装置生产商

Bloxwich Lock & Stamping Co., Ltd.（简称Bloxwich）

二、美国

集装箱标志生产商

Selecto–Flash Inc.（简称Selecto-Flash）

三、奥地利

角铸件生产商

Voest-Alpine AG.

四、丹麦

老人牌油漆有限公司

Hempel's Marine Paints Ltd.（简称Hempel）

五、韩国

1. 高丽化学株式会社

Korea Chemical Co.,Ltd.（简称KCC）

2. 集装箱木地板供应商

Eagon Forest Products lnc.（简称Eagon）

六、日本

1. 大仓商事株式会社（简称"大仓"）

Okura & Co.,Ltd.

2. 三井物产株式会社（简称"三井"）

Mishui & Co.,Ltd.

3. 丸红株式会社（简称"丸红"）

Marubeni Corp.

4. 三菱商事株式会社（简称"三菱"）

Mitsubishi Corp.

5. 日商岩井株式会社（简称"日商岩井"）

Nissho Iwai Corp.

以上均是钢材、油漆、集装箱零部件供应商。

七、马来西亚

集装箱木地板供应商

裕丰贸易有限公司（简称"裕丰"）

JooHong Trading Corp.SDN.BHD.

八、新加坡

集装箱门胶条供应商

经纬工业私人有限公司

King Wai Industries Pte. Ltd.

九、中国香港

1. 集装箱木地板、集装箱部件、机器设备及零件供应商

中国香港海宇贸易有限公司

Ocean Share Ltd.

2. 集装箱油漆供应商

海虹涂料有限公司

3. 马来西亚产木地板代理供应商

天顺企业有限公司

十、中国台湾

集装箱部件供应商

中国台湾上源有限公司

▲ 粤港澳友人庆祝广船集装箱分厂建厂四十周年合影

▲ 2019年3月2日粤港澳友人在广州酒家聚会，回顾广船集装箱分厂建厂四十周年。会后合影留念

鸣谢

香港海宇贸易有限公司董事长

徐仕伟先生

对本书出版的鼎力支持